ЛЮБИМАЯ КОЛЛЕКЦИЯ

племен. Впоследствии, как вам известно, была обнаружена и духовая трубка. К моменту приземления в Кройдоне в моем сознании зародилось несколько версий. Когда я оказался на твердой земле, мой мозг заработал со свойственной ему эффективностью.

— Да будет вам, *мусье* Пуаро, — с ухмылкой произнес Джепп, — обойдемся без ложной скромности.

Бельгиец бросил на него укоризненный взгляд и продолжил:

— Прежде всего меня, как и всех остальных, поразила дерзость преступления, совершенного подобным образом, а равно и тот факт, что никто не заметил ничего подозрительного! Заинтересовали меня и два других момента. Во-первых, пришедшееся очень кстати присутствие осы. Во-вторых, обнаружение духовой трубки. В разговоре с моим другом Джеппом после судебного следствия я задался вопросом: почему убийца не избавился от трубки, просунув ее в вентиляционное отверстие в окне? Отследить происхождение дротика и идентифицировать его довольно трудно, но духовая трубка с сохранившейся на ней частью ценника — совсем другое дело. Напрашивается вывод: убийца *хотел*, чтобы трубка была обнаружена. Но почему? Только один ответ на этот вопрос представляется логичным. Если на месте преступления обнаружены отравленный дротик и духовая трубка, это означает, что убийство совершено путем выстрела этим самым дротиком из этой самой трубки. Следовательно, убийство совершено *не этим способом*. Однако, как показало медицинское обследование, причиной смерти, вне всякого сомнения, *был* отравленный дротик. Я закрываю глаза и спрашиваю себя: какой способ введения отравленного дротика в яремную вену является самым простым и самым надежным? Ответ очевиден: *с помощью руки*. И это объясняет, зачем преступнику требовалось, чтобы обнаружилась духовая трубка. Она была призвана навести на мысль о *дистанции*. Если это действительно так, убийство мадам Жизель мог совершить только тот, кто подошел бы к ее столику и наклонился бы над нею. Мог ли кто-нибудь сделать это? Да. Оба стюарда. Любой из них имел возможность подойти к мадам Жизель и наклониться над ней, и при этом никто не заметил бы ничего необычного.

— Кто-нибудь еще?

— Мистер Клэнси. Он единственный из пассажиров проходил в непосредственной близости от кресла мадам Жизель. И именно он выдвинул версию о выстреле дротиком из духовой трубки.

Клэнси вскочил на ноги.

— Я протестую! Это возмутительно!

— Сядьте, — сказал Пуаро. — Я еще не закончил. Я должен рассказать вам обо всех шагах, которые привели меня к моему решению. Теперь в моем распоряжении имелось трое подозреваемых — Митчелл, Дэвис и мистер Клэнси. На первый взгляд ни один из них не подходил на роль убийцы, но еще многое предстояло выяснить. Далее, я изучил вероятность того, что причиной смерти явилась оса. Эта версия представлялась довольно интересной. Начнем с того, что никто не видел ее примерно до того времени, когда стюарды принялись разносить кофе. Я пришел к следующему выводу. Убийца предложил миру две разные версии произошедшей трагедии. Первая и более простая: мадам Жизель умерла от сердечного приступа, вызванного укусом осы. Успех этой версии зависел от того, сумеет убийца извлечь дротик из шеи жертвы или нет. Мы с Джеппом сошлись во мнении относительно того, что это можно было сделать достаточно легко — *до тех пор, пока не возникло подозрение в злом умысле*. Я не сомневаюсь в том, что первоначальное светло-вишневое шелковое оперение дротика было умышленно заменено на черно-желтое, дабы вызвать ассоциацию с осой. Итак, наш убийца приближается к столику жертвы, вводит ей в шею дротик и выпускает осу! Яд настолько силен, что смерть наступает почти мгновенно. Если б мадам Жизель вскрикнула, этого, наверное, никто не услышал бы из-за шума двигателей. Если б пассажиры все-таки услышали ее крик, они решили бы, что бедную женщину укусила оса. Это, как я сказал, был план номер один.

Но убийца не успел извлечь дротик из шеи жертвы до того, как тот был обнаружен. Таким образом, версия естественной смерти от сердечного приступа проваливается. Вместо того чтобы избавиться от духовой трубки, просунув ее через вентиляционное отверстие, убийца оставляет ее в таком месте, где она непременно должна быть найдена во время обыска салона. Как только духовая трубка обнаруживается, сразу возникает предположение, что она является орудием убийства и, соответственно, что выстрел дротиком произведен с дистанции. Когда же отслеживается ее происхождение, она указывает в заранее определенном направлении. Я разработал версию преступления; у меня имелось трое подозреваемых и, возможно, четвертый — Жан Дюпон, который выдвинул версию смерти от укуса осы, к тому же сидел настолько близко к мадам Жизель, что вполне мог незаметно для других уколоть ее дротиком. Правда, я не думал всерьез, что он осмелился бы так рисковать. Я сосредоточился на версии с осой. Если убийца пронес ее на борт самолета и выпустил в нужный момент, он должен был использовать для этого что-нибудь вроде маленькой коробочки. Отсюда мой интерес к содержимому карманов пассажиров и их ручной клади. И тут произошло неожиданное. Я нашел то, что искал, однако не у того, как мне казалось, человека. В кармане у мистера Нормана Гейла лежал спичечный коробок «Брайант & Мэй». *Но, согласно показаниям всех пассажиров, за время полета мистер Гейл не проходил по салону в сторону мадам Жизель.* Он лишь однажды посетил туалет и сразу вернулся на свое место. Тем не менее, хотя это кажется *невозможным,* мистер Гейл мог совершить преступление — о чем свидетельствовало содержимое его атташе-кейса.

— Атташе-кейс? — озадаченно переспросил Норман. — Я сейчас даже не помню, что в нем было.

Пуаро снисходительно улыбнулся:

— Подождите немного, скоро дойдем и до этого. Сейчас я рассказываю вам о своих первоначальных идеях. Итак, у меня было *четверо* подозреваемых, каждый из которых мог совершить убийство — с точки зрения *возможности*: два стюарда, мистер Клэнси и мистер Гейл. Затем я рассмотрел это дело с другой стороны — с точки зрения *мотива*. Если б мотив и возможность совпали, я бы вычислил преступника! Увы, этого не случилось. Мой друг Джепп обвинил меня в том, что я люблю все усложнять. Отнюдь. К вопросу мотива я подошел, исходя из самых простых соображений. Кому было выгодно устранение мадам Жизель? Разумеется, ее неизвестной дочери, поскольку та наследовала бы состояние матери. Имелись еще несколько человек, которые находились во власти мадам Жизель — точнее, *могли* находиться, поскольку ничего определенного на этот счет известно не было. Только один из пассажиров наверняка имел отношения с мадам Жизель — леди Хорбери. В случае с нею мотив был более чем очевиден. Она посещала мадам Жизель в ее доме в Париже предыдущим вечером. Леди Хорбери находилась в отчаянном положении, и у нее был друг, молодой актер, который мог сыграть роль американца, приобрести духовую трубку, а также подкупить служащего «Юниверсал эйрлайнс», чтобы тот сделал так, что мадам Жизель удалось улететь только двенадцатичасовым рейсом. Передо мной встала двойная проблема: я не понимал, каким образом леди Хорбери могла совершить убийство и какие мотивы для убийства могли быть у стюардов, мистера Клэнси или мистера Гейла.

Все это время я не переставал размышлять — на периферии своего сознания — о неизвестной дочери и наследнице мадам Жизель. Не женат ли на ней кто-нибудь из моих подозреваемых? Если ее отец был англичанином, она вполне могла вырасти в Англии. Жену Митчелла я сразу же исключил, поскольку та происходит из старого доброго дорсетского рода. Дэвис ухаживает за девушкой, чьи родители живы и здоровы. Мистер Клэнси неженат. Мистер Гейл, судя по всему, влюблен в мисс Джейн Грей. Я принялся изучать прошлое мисс Грей. Из разговора с нею я узнал, что она воспитывалась в приюте для сирот неподалеку от Дублина. Но вскоре, к моему глубокому удовлетворению, выяснилось, что мисс Грей не имеет ничего общего с мадам Жизель. Я составил таблицу результатов своего расследования. Стюарды не извлекали никакой выгоды из смерти мадам Жизель — напротив, у Митчелла она вызвала шок. Мистер Клэнси планировал написать роман, положив в основу его сюжета это преступление, который, как он надеялся, мог бы принести ему хорошие деньги. Мистер Гейл начал терять пациентов, что негативно сказывалось на его финансовом положении. И все же именно тогда *я убедился в том, что убийцей является именно он* — в пользу этого свидетельствовали пустой спичечный коробок и содержимое его атташе-кейса.

Казалось бы, смерть мадам Жизель не принесла ему ничего, кроме убытков. Но это могло быть всего лишь *видимостью*. Я решил познакомиться с ним поближе. Из собственного опыта мне хорошо известно, что в ходе беседы любой человек рано или поздно обязательно себя выдаст. Люди очень любят говорить о себе... Я постарался втереться к нему в доверие, сделал вид, что полностью доверяю ему, и даже уговорил его выступить в роли шантажиста, вымогающего деньги у леди Хорбери. И именно тогда он совершил свою первую ошибку. Я предложил ему слегка изменить внешность. Он явился ко мне перед тем, как отправиться к леди Хорбери, в совершенно нелепом, немыслимом обличье! Это походило на фарс. На мой взгляд, никто не смог бы сыграть эту роль хуже, чем он собирался сделать это. В чем же было дело? А дело было в том, что *чувство вины не позволяло ему демонстрировать хорошие актерские качества*. Однако, после того как я подправил его нелепый макияж, эти качества проявились в полной мере. Он блестяще сыграл свою роль, и леди Хорбери не узнала его. Тогда я понял, что он мог перевоплотиться в американца в Париже и сыграть нужную ему роль на борту «Прометея».

Я начал всерьез опасаться за мадемуазель Джейн. Она была либо его соучастницей, либо совершенно невиновной, и стало быть, потенциальной жертвой. В один прекрасный день она могла проснуться женой убийцы. Дабы предотвратить эту свадьбу, я взял мадемуазель Джейн с собой в Париж в качестве секретарши. Как раз, когда мы прибыли туда, объявилась пропавшая наследница. Мне не давала покоя мысль, что я уже где-то видел ее. Потом я вспомнил, но было уже поздно... Оказалось, что она находилась на борту самолета *и солгала, утверждая обратное*. Поняв это, я было подумал, что моя версия совершенно несостоятельна. В этом случае только она и могла быть убийцей. Но если это так, то она имела сообщника — человека, который приобрел духовую трубку и подкупил Жюля Перро. Что это был за человек? Может быть, ее муж? И вдруг я увидел правильное решение. Правильное, при условии если подтвердится один факт. Для того чтобы мое решение оказалось правильным, Анни Морисо не должна была находиться на борту самолета. Я позвонил леди Хорбери и выяснил этот вопрос. В последний момент леди Хорбери решила, что ее горничная, Мадлен, полетит вместе с нею, а не поедет, как обычно, на поезде.

— Боюсь, я не совсем понимаю... — сказал Клэнси.

— И когда же вы перестали считать меня убийцей? — спросил Норман.

Пуаро повернулся в его сторону:

— А я вовсе и не переставал. *Вы и есть убийца*... Подождите, я сейчас все вам расскажу. За последнюю неделю мы с Джеппом проделали большую работу. Вы действительно стали стоматологом, чтобы угодить вашему дяде — Джону Гейлу. Вы взяли фамилию Гейл, когда стали его партнером. Но вы — сын его *сестры,* а не брата, и ваша настоящая фамилия — *Ричардс*. Именно как Ричардс вы познакомились прошлой зимой в Ницце с Анни Морисо, когда та находилась там со своей хозяйкой. История, которую она нам рассказала, соответствует действительности — в части, касающейся детства; но вторая ее часть была тщательно отредактирована вами. Она *знала* девичью фамилию своей матери. Мадам Жизель была в Монте-Карло — там на нее указывали и называли ее имя в вашем присутствии. Вы поняли, что есть возможность завладеть крупным состоянием, и это для вас, с вашей натурой игрока, было как нельзя более кстати. От Анни Морисо вы узнали о финансовых отношениях леди Хорбери с мадам Жизель.

В вашей голове созрел план преступления. Мадам Жизель требовалось убить таким образом, чтобы подозрение пало на леди Хорбери. Вы подкупили служащего «Юниверсал эйрлайнс» и устроили все так, чтобы мадам Жизель летела тем же рейсом, что и леди Хорбери. Анни Морисо сказала вам, что едет в Англию поездом, и ее появление на борту самолета поставило ваш план под угрозу срыва. Если б стало известно, что на борту самолета находилась дочь и наследница мадам Жизель, подозрение неизбежно пало бы на нее. Ей требовалось стопроцентное алиби — то есть во время совершения преступления она должна была находиться в поезде или на пароме. И тогда вы женились бы на ней. Девушка любила вас, а вам были нужны лишь ее деньги.

У вас возникли и другие трудности. В Ле-Пине вы увидели мадемуазель Джейн Грей и страстно влюбились в нее. Это побудило вас сыграть в гораздо более опасную игру. Вы решили заполучить и деньги, и любимую девушку. Совершив убийство ради денег, вы не собирались отказываться от плодов своего преступления. Вы напугали Анни Морисо, сказав, что если она сразу объявит себя дочерью покойной и потребует причитающееся ей наследство, то непременно навлечет на себя подозрение в убийстве, уговорили ее взять отпуск на несколько дней и поехали вместе с нею в Роттердам, где поженились.

Спустя некоторое время вы проинструктировали ее, как следует предъявить претензии на наследство. Она не должна была упоминать о своей службе у леди Хорбери, а вместо этого сказать, что в день убийства они с мужем находились за границей. К сожалению для вас, Анни Морисо обратилась к парижскому адвокату с требованием введения ее в права наследницы в тот самый день, когда мы с мадемуазель Грей прибыли в Париж. Это было вам совсем некстати. И я, и мадемуазель Джейн могли узнать в Анни Морисо Мадлен, горничную леди Хорбери. Вы попытались связаться с нею, но вам это не удалось. Приехав в Париж, вы выяснили, что она уже побывала у адвоката. Вернувшись в отель, ваша жена сказала вам, что встретилась со мной. Дело принимало для вас опасный оборот, и вы решили действовать безотлагательно. В ваши расчеты не входило, что Анни Морисо будет слишком долго оставаться в живых после вступления в права наследницы. Сразу после свадебной церемонии вы составили завещания, согласно которым оставляли друг другу все свое имущество. Как трогательно! Я думаю, первоначально вы планировали действовать не торопясь. Вероятно, намеревались со временем уехать в Канаду — под тем предлогом, что лишились практики. Там вы вновь стали бы Ричардсом, и ваша жена воссоединилась бы с вами. В скором времени она скончалась бы, оставив безутешному вдовцу целое состояние. Вы вернулись бы в Англию под фамилией Гейл, разбогатевшим в результате успешной игры на бирже в Канаде. Но теперь вы решили, что нельзя терять ни минуты.

Пуаро замолчал. Норман Гейл откинул голову назад и рассмеялся.

— Как ловко вы угадываете намерения людей! Вам следовало бы, подобно мистеру Клэнси, заняться литературным ремеслом... — В его тоне послышались гневные нотки. — Никогда не слышал подобной чуши! Ваши *фантазии*, месье Пуаро, вряд ли могут служить доказательствами.

Лицо Пуаро хранило невозмутимое выражение.

— Наверное, — согласился он. — Но у меня тем не менее *имеются* доказательства.

— В самом деле? — Норман ухмыльнулся. — Может быть, у вас есть *доказательства* моей причастности к убийству старухи Жизель — тогда как все, кто находился в самолете, знают, что я даже не приближался к ней?

— Я расскажу вам в деталях, *как вы совершили преступление*, — сказал Пуаро. — Как насчет содержимого вашего атташе-кейса? Почему вам понадобилось брать с собой в отпуск медицинский халат? Я задал себе этот вопрос, а ответ на него таков: потому, что он очень похож на китель стюарда... Итак, когда стюарды разнесли кофе и отправились в другой салон, вы поднялись с места, зашли в кабинку туалета, надели там халат, засунули за щеки ватные шарики, вышли из кабинки, вытащили ложку из ящика в шкафу буфета, быстро пошли по проходу, держа в руке ложку, к креслу мадам Жизель, вонзили ей в шею дротик, открыли спичечный коробок, выпустили из него осу, поспешили обратно в кабинку туалета, сняли халат, вышли и направились не спеша к своему креслу. Вся эта операция заняла пару минут. *Никто не обратил на стюарда особого внимания.* Узнать вас могла только мадемуазель Джейн. Но вы же знаете этих женщин! Оставшись в одиночестве — особенно когда она путешествует в обществе привлекательного молодого человека, — женщина тут же пользуется возможностью посмотреться в зеркало, припудрить нос и поправить макияж.

— Действительно, — с усмешкой согласился Гейл. — Чрезвычайно интересная версия. Но ничего подобного не было. Вам есть еще что сказать?

— Очень многое, — ответил Пуаро. — Как я уже говорил, в непринужденной беседе человек очень часто выдает себя... Однажды вы весьма опрометчиво упомянули о том, что некоторое время жили *на ферме в Южной Африке.* Вы не сказали — но я выяснил, — что ферма была *змеиной...*

Впервые на лице Нормана Гейла отразился страх. Он пытался что-то сказать, но слова застряли у него в горле.

Тем временем Пуаро продолжал:

— Вы жили там под своей настоящей фамилией — Ричардс *и были опознаны по присланной оттуда фотографии.* По этой же фотографии вас опознали в Роттердаме, как Ричардса, женившегося на Анни Морисо.

Норман Гейл опять пытался что-то сказать, и опять тщетно. Весь облик его изменился кардинальным образом. Симпатичный энергичный молодой человек превратился в существо, похожее на загнанную в угол крысу с бегающими глазками...

— Развитие событий ускорила директор Института Марии, послав Анни Морисо телеграмму. Игнорировать ее было нельзя, так как это вызвало бы подозрение. Вы убедили жену в том, что, если не скрыть определенные факты, либо ее, либо вас заподозрят в убийстве, поскольку вы оба находились на борту самолета, когда была убита мадам Жизель. Встретившись с ней потом в отеле, вы узнали, что я присутствовал во время ее беседы с адвокатом, и решили действовать. Вы боялись, что я вытяну из Анни правду — возможно, она сама начала подозревать вас. Велев ей съехать из отеля, вы вместе с нею сели в поезд, направлявшийся к побережью, в купе насильно влили ей в рот синильную кислоту и вложили пустую бутылочку в ее руку.

— Сплошная ложь, и больше ничего...

— Нет, это правда. У нее на шее был обнаружен синяк.

— Говорю вам, ложь.

— На бутылочке остались отпечатки ваших пальцев.

— Вы лжете, у меня на руках были...

— А-а, так у вас на руках были перчатки? Вот вы себя и выдали, месье.

— Проклятая ищейка!

Ярость исказила лицо Гейла до неузнаваемости. Вскочив со стула, он бросился на Пуаро, но инспектор Джепп опередил его. Скрутив преступника, он объявил:

— Джеймс Ричардс, известный также как Норман Гейл, вы арестованы по обвинению в умышленном убийстве. Должен предупредить вас, что все сказанное вами будет записано и впоследствии использовано в суде.

Тело Гейла била крупная дрожь. Казалось, он вот-вот лишится чувств. Спустя несколько минут одетые в штатское двое мужчин, стоявших за дверью, увели его.

Мистер Клэнси тяжело вздохнул.

— Знаете, месье Пуаро, — сказал он, — это было самое захватывающее приключение в моей жизни. Вы просто великолепны!

Пуаро сдержанно улыбнулся:

— Джепп заслуживает ничуть не меньшей похвалы. Это он установил, что под личиной Гейла скрывается Ричардс. Канадская полиция разыскивает Ричардса. Девушка, с которой он водил знакомство в Канаде, совершила самоубийство, но в ходе расследования выявились факты, свидетельствующие о том, что она была убита.

— Ужасно, — едва слышно пролепетал писатель.

— Закоренелые убийцы довольно часто обладают притягательной силой для женщин.

Мистер Клэнси кашлянул:

— Бедная Джейн Грей...

Пуаро печально покачал головой:

— Да. Я уже сказал ей, что жизнь бывает ужасной. Но у нее есть характер. Она преодолеет это.

Он машинально складывал в стопку фотографии, разбросанные Норманом Гейлом во время его отчаянного броска. Один из снимков привлек его внимание. На нем была изображена Венеция Керр, беседующая с лордом Хорбери. Он передал фотографию мистеру Клэнси.

— Видите? Через год в прессе появится объявление: *«В скором времени состоится церемония бракосочетания лорда Хорбери и Венеции Керр».* И как вы думаете, благодаря кому состоится эта свадьба? Эркюлю Пуаро! И это не единственная свадьба, которую я устроил.

— Леди Хорбери и мистер Барраклаф?

— Нет, отношения этих людей меня не интересуют. — Он подался вперед. — Я имею в виду свадьбу месье Жана Дюпона и мадемуазель Джейн Грей. Вот увидите.

II

Месяц спустя Джейн навестила сыщика.

— Мне следовало бы возненавидеть вас, месье Пуаро.

Ее лицо покрывала бледность, под глазами виднелись темные круги.

— Если вам так хочется, возненавидьте меня чуть-чуть, — добродушно произнес Пуаро. — Но мне кажется, вы относитесь к тому типу людей, которые предпочитают смотреть правде в глаза, нежели жить в иллюзорном мире, в котором долго жить невозможно. Сегодня мужчины все чаще избавляются от женщин.

— Он казался таким обаятельным, — с грустью произнесла Джейн. — Вряд ли я еще когда-нибудь смогу влюбиться.

— Естественно, — согласился Пуаро. — Отныне эта сторона жизни для вас не существует.

Джейн кивнула:

— Но я должна работать — заниматься чем-нибудь интересным, что помогло бы мне забыться...

Пуаро откинулся на спинку кресла и устремил взгляд в потолок.

— Я посоветовал бы вам отправиться в Персию с Дюпонами. Мне кажется, это интересная работа.

— Но... но... я думала, это была всего лишь уловка с вашей стороны — для отвода глаз.

Маленький бельгиец покачал головой:

— Вовсе нет. Я проникся таким интересом к археологии и доисторическим гончарным изделиям, что послал Дюпонам чек, как и обещал. Сегодня утром я беседовал с месье Дюпоном-старшим по телефону, и он сказал, что они ждут вас. Вы умеете рисовать?

— Умею. В школе я очень хорошо рисовала.

— Отлично. Думаю, эта экспедиция доставит вам большое удовольствие.

— Вы действительно хотите, чтобы я поехала?

— Они рассчитывают на вас.

— Это было бы здорово — уехать прямо сейчас, — сказала Джейн.

Тут на ее щеках проступил легкий румянец.

— Месье Пуаро... — Она с подозрением смотрела на него. — Не слишком ли... не слишком ли вы добры?

— Я? Добр? — переспросил Пуаро с таким видом, будто подобное предположение едва ли не оскорбительно для него. — Уверяю вас, мадемуазель, во всех вопросах, касающихся денег, я — сугубо деловой человек.

У него было настолько обиженное выражение лица, что Джейн поспешила попросить у него прощения.

— Думаю, мне стоит походить по музеям и посмотреть доисторические гончарные изделия, — сказала она.

— Превосходная идея.

Подойдя к двери, девушка остановилась, постояла несколько секунд и вернулась назад.

— Можете говорить что угодно, но вы были добры ко мне.

Она подошла к нему, поцеловала его в голову и вышла из комнаты.

— *Ça, c'est très gentil!*[1] — растроганно произнес Эркюль Пуаро.

---

[1] Как это мило! (*фр.*)

Оглавление

Глава 1. Рейс Париж — Кройдон 7
Глава 2. Страшная находка 20
Глава 3. Кройдон 26
Глава 4. Следствие 49
Глава 5. После следствия 65
Глава 6. Консультация 78
Глава 7. Вероятности и возможности 85
Глава 8. Список 104
Глава 9. Элиза Грандье 112
Глава 10. Маленькая черная книжка 122
Глава 11. Американец 134
Глава 12. В Хорбери-Чейз 154
Глава 13. У Антуана 166
Глава 14. На Масуэлл-Хилл 181
Глава 15. В Блумсбери 190
Глава 16. План кампании 204
Глава 17. В Уондсворте 216
Глава 18. На Куин-Виктория-стрит 222
Глава 19. Явление мистера Робинсона 226
Глава 20. На Харли-стрит 241
Глава 21. Три ключа к разгадке 246
Глава 22. Джейн находит новую работу 253
Глава 23. Анни Морисо 264
Глава 24. Сломанный ноготь 276
Глава 25. «Я боюсь» 280
Глава 26. Послеобеденная речь 293

Все права защищены. Книга или любая ее часть не может быть скопирована, воспроизведена в электронной или механической форме, в виде фотокопии, записи в память ЭВМ, репродукции или каким-либо иным способом, а также использована в любой информационной системе без получения разрешения от издателя. Копирование, воспроизведение и иное использование книги или ее части без согласия издателя является незаконным и влечет уголовную, административную и гражданскую ответственность.

Литературно-художественное издание

Кристи Агата

СМЕРТЬ В ОБЛАКАХ

Ответственный редактор *В. Хорос*
Художественный редактор *Д. Сазонов*
Технический редактор *Г. Романова*
Компьютерная верстка *В. Андриановой*
Корректор *Е. Сахарова*

Страна происхождения: Российская Федерация
Шығарылған елі: Ресей Федерациясы

ООО «Издательство «Эксмо»
123308, Россия, город Москва, улица Зорге, дом 1, строение 1, этаж 20, каб. 2013.
Тел.: 8 (495) 411-68-86.
Home page: www.eksmo.ru E-mail: info@eksmo.ru
Өндіруші: «ЭКСМО» АҚБ Баспасы,
123308, Ресей, қала Мәскеу, Зорге көшесі, 1 үй, 1 ғимарат, 20 қабат, офис 2013 ж.
Тел.: 8 (495) 411-68-86.
Home page: www.eksmo.ru E-mail: info@eksmo.ru.
Тауар белгісі: «Эксмо»
Интернет-магазин: www.book24.ru

Интернет-магазин: www.book24.ru
Интернет-дүкен: www.book24.kz
Импортёр в Республику Казахстан ТОО «РДЦ-Алматы».
Қазақстан Республикасындағы импорттаушы «РДЦ-Алматы» ЖШС.
Дистрибьютор и представитель по приему претензий на продукцию,
в Республике Казахстан: ТОО «РДЦ-Алматы»
Қазақстан Республикасында дистрибьютор және өнім бойынша арыз-талаптарды
қабылдаушының өкілі «РДЦ-Алматы» ЖШС,
Алматы қ., Домбровский көш., 3-а», литер Б, офис 1.
Тел.: 8 (727) 251-59-90/91/92; E-mail: RDC-Almaty@eksmo.kz
Өнімнің жарамдылық мерзімі шектелмеген.
Сертификация туралы ақпарат сайтта: www.eksmo.ru/certification
Сведения о подтверждении соответствия издания согласно законодательству РФ
о техническом регулировании можно получить на сайте Издательства «Эксмо»
www.eksmo.ru/certification
Өндірген мемлекет: Ресей. Сертификация қарастырылмаған

Дата изготовления / Подписано в печать 18.03.2022. Формат 70x100¹/₃₂.
Гарнитура «Newton». Печать офсетная. Усл. печ. л. 12,96.
Доп тираж 15 000 экз. Заказ 2392/23.
Отпечатано в Акционерном обществе
«Можайский полиграфический комбинат»
143200, Россия, г. Можайск, ул. Мира, 93.
www.oaompk.ru, тел.: (49638) 20-685

Москва. ООО «Торговый Дом «Эксмо»
Адрес: 123308, г. Москва, ул. Зорге, д. 1, строение 1.
Телефон: +7 (495) 411-50-74. **E-mail:** reception@eksmo-sale.ru

По вопросам приобретения книг «Эксмо» зарубежными оптовыми
покупателями обращаться в отдел зарубежных продаж ТД «Эксмо»
E-mail: **international@eksmo-sale.ru**

*International Sales: International wholesale customers should contact
Foreign Sales Department of Trading House «Eksmo» for their orders.*
international@eksmo-sale.ru

По вопросам заказа книг корпоративным клиентам, в том числе в специальном
оформлении, обращаться по тел.: +7 (495) 411-68-59, доб. 2151.
E-mail: **borodkin.da@eksmo.ru**

Оптовая торговля бумажно-беловыми
и канцелярскими товарами для школы и офиса «Канц-Эксмо»:
Компания «Канц-Эксмо»: 142702, Московская обл., Ленинский р-н, г. Видное-2,
Белокаменное ш., д. 1, а/я 5. Тел./факс: +7 (495) 745-28-87 (многоканальный).
e-mail: **kanc@eksmo-sale.ru**, сайт: www.kanc-eksmo.ru

Филиал «Торгового Дома «Эксмо» в Нижнем Новгороде
Адрес: 603094, г. Нижний Новгород, улица Карпинского, д. 29, бизнес-парк «Грин Плаза»
Телефон: +7 (831) 216-15-91 (92, 93, 94). **E-mail:** reception@eksmonn.ru

Филиал ООО «Издательство «Эксмо» в г. Санкт-Петербурге
Адрес: 192029, г. Санкт-Петербург, пр. Обуховской обороны, д. 84, лит. «Е»
Телефон: +7 (812) 365-46-03 / 04. **E-mail:** server@szko.ru

Филиал ООО «Издательство «Эксмо» в г. Екатеринбурге
Адрес: 620024, г. Екатеринбург, ул. Новинская, д. 2ш
Телефон: +7 (343) 272-72-01 (02/03/04/05/06/08)

Филиал ООО «Издательство «Эксмо» в г. Самаре
Адрес: 443052, г. Самара, пр-т Кирова, д. 75/1, лит. «Е»
Телефон: +7 (846) 207-55-50. **E-mail:** RDC-samara@mail.ru

Филиал ООО «Издательство «Эксмо» в г. Ростове-на-Дону
Адрес: 344023, г. Ростов-на-Дону, ул. Страны Советов, 44А
Телефон: +7(863) 303-62-10. **E-mail:** info@rnd.eksmo.ru

Филиал ООО «Издательство «Эксмо» в г. Новосибирске
Адрес: 630015, г. Новосибирск, Комбинатский пер., д. 3
Телефон: +7(383) 289-91-42. **E-mail:** eksmo-nsk@yandex.ru

Обособленное подразделение в г. Хабаровске
Фактический адрес: 680000, г. Хабаровск, ул. Фрунзе, 22, оф. 703
Почтовый адрес: 680020, г. Хабаровск, А/Я 1006
Телефон: (4212) 910-120, 910-211. **E-mail:** eksmo-khv@mail.ru

Республика Беларусь: ООО «ЭКСМО АСТ Си энд Си»
Центр оптово-розничных продаж Cash&Carry в г. Минске
Адрес: 220014, Республика Беларусь, г. Минск, проспект Жукова, 44, пом. 1-17, ТЦ «Outleto»
Телефон: +375 17 251-40-23; +375 44 581-81-92
Режим работы: с 10.00 до 22.00. **E-mail:** exmoast@yandex.by

Казахстан: «РДЦ Алматы»
Адрес: 050039, г. Алматы, ул. Домбровского, 3А
Телефон: +7 (727) 251-58-12, 251-59-90 (91,92,99). **E-mail:** RDC-Almaty@eksmo.kz

Полный ассортимент продукции ООО «Издательство «Эксмо» можно приобрести в книжных
магазинах «Читай-город» и заказать в интернет-магазине: www.chitai-gorod.ru.
Телефон единой справочной службы: 8 (800) 444-8-444. Звонок по России бесплатный.

Интернет-магазин ООО «Издательство «Эксмо»
www.eksmo.ru
Розничная продажа книг с доставкой по всему миру.
Тел.: +7 (495) 745-89-14. E-mail: **imarket@eksmo-sale.ru**

Хочешь стать автором «Эксмо»?

eksmo.ru
Официальный
интернет-магазин
издательства «Эксмо»

Издательство «Эксмо» — универсальное издательство №1 в России, является одним из лидеров книжного рынка Европы.

ЭКСМО eksmo.ru eksmo

ISBN 978-5-04-160983-2

ЛЮБИМАЯ КОЛЛЕКЦИЯ

СМЕРТЬ В ОБЛАКАХ

МОСКВА
2022

УДК 821.111-312.4
ББК 84(4Вел)-44
К82

Agatha Christie
Death in the Clouds
Copyright © 1935 Agatha Christie Limited.
All rights reserved.
AGATHA CHRISTIE, POIROT and the Agatha Christie
Signature are registered trade marks of Agatha Christie Limited
in the UK and elsewhere. All rights reserved.
Agatha Christie Roundels Copyright © 2013 Agatha Christie
Limited. Used with permission.
http://www.agathachristie.com

Иллюстрация на обложке *Филиппа Барбышева*

Кристи, Агата.
К82   Смерть в облаках / Агата Кристи ; [перевод с английского Г. В. Сахацкого]. — Москва : Эксмо, 2022. — 320 с.

ISBN 978-5-04-160983-2

На борту авиарейса Париж — Кройдон спит спокойным сном знаменитый сыщик Эркюль Пуаро, даже не подозревая, что происходит буквально рядом с ним. Проснувшись, он узнает, что его соседка по самолету, пожилая француженка мадам Жизель, обнаружена мертвой. Сначала ее смерть списывают на укус осы, но Пуаро выясняет, что женщина погибла от укола отравленным дротиком. По заключению врача, смерть наступила в результате отравления редчайшим ядом. На борту самолета находятся лишь десять пассажиров и два стюарда — и один из них убийца. Под подозрением находится и сам Пуаро — крайне непривычная роль для известного сыщика...

УДК 821.111-312.4
ББК 84(4Вел)-44

ISBN 978-5-04-160983-2

© Издание на русском языке, оформление.
ООО «Издательство «Эксмо», 2022

*Посвящается
Ормонду Бидлу*

ПЛАН ЗАДНЕГО САЛОНА АВИАЛАЙНЕРА «ПРОМЕТЕЙ»

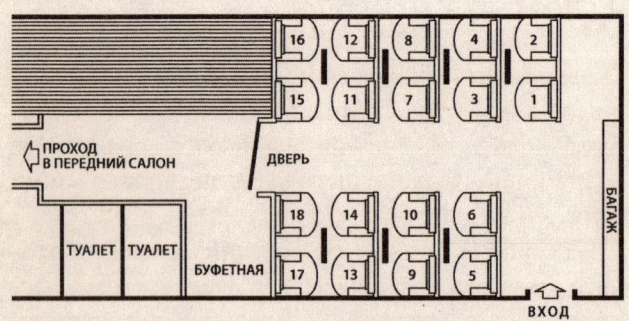

Кресла:

№ 2 — мадам Жизель
№ 4 — Джеймс Райдер
№ 5 — месье Арман Дюпон
№ 6 — месье Жан Дюпон
№ 8 — Дэниел Клэнси
№ 9 — Эркюль Пуаро
№ 10 — доктор Брайант
№ 12 — Норман Гейл
№ 13 — графиня Хорбери
№ 16 — Джейн Грей
№ 17 — Венеция Керр

Глава 1

РЕЙС ПАРИЖ — КРОЙДОН

Жаркое сентябрьское солнце заливало лучами аэродром Ле-Бурже. Группа пассажиров шла по летному полю, чтобы подняться на борт авиалайнера «Прометей», вылетавшего через несколько минут курсом на Кройдон.

Джейн Грей одной из последних взошла по трапу и заняла свое место — № 16. Некоторые из пассажиров прошли через центральную дверь и крошечную буфетную, мимо двух туалетов в передний салон. Многие уже расположились в креслах. С противоположной стороны прохода доносился оживленный разговор, в котором доминировал пронзительный женский голос. Губы Джейн слегка искривились. Такого рода голоса были ей хорошо знакомы.

— Моя дорогая... это замечательно... не представляю, где это. Как вы говорите? Жуан-ле-Пен?.. О да. Нет — Ле-Пине... Да, все та же компания... Ну, *конечно*, давайте сядем рядом. О, разве нельзя? Кто?.. О, я понимаю...

Затем зазвучал мужской голос — деликатный, с иностранным акцентом:

— ...с величайшим удовольствием, мадам.

Джейн исподтишка бросила взгляд в сторону прохода. По другую его сторону невысокий пожилой мужчина с головой яйцеобразной формы и большими усами торопливо убирал с соседнего кресла свои вещи.

Джейн слегка повернула голову и увидела двух женщин, чья неожиданная встреча доставила некоторые неудобства мужчине. Упомянутое географическое название вызвало у нее любопытство, ибо Джейн тоже была в Ле-Пине.

Она прекрасно помнила одну из женщин. Помнила, когда видела ее в последний раз, — за столом, где играли в баккара. Маленькие кулачки женщины судорожно сжимались и разжимались. Ее со вкусом накрашенное лицо, словно вылепленное из дрезденского фарфора, то вспыхивало румянцем, то бледнело. Джейн подумала, что, если немного напрячь память, можно будет даже вспомнить ее имя. Одна из подруг Джейн как-то упомянула его и добавила: «Она вроде бы леди, но не совсем настоящая — хористка или что-то в этом роде». В голосе подруги прозвучало нескрываемое презрение. Это была Мейзи, занимавшая первоклассную должность массажистки, которая «удаляет» лишнюю плоть.

Вторая женщина, по мнению Джейн, представляла собой «первоклассную штучку» — крупную, величественную даму. Впрочем, она тотчас же забыла о женщинах и принялась с интересом изучать ту часть аэродрома Ле-Бурже, которая была видна из окна иллюминатора. На летном поле стояло еще несколько самолетов различных конструкций. Один из них напоминал металлическую многоножку.

Напротив Джейн расположился молодой человек в довольно ярком синем пуловере. Она старалась не смотреть поверх пуловера, так как могла бы встретиться взглядом с его владельцем, а это было недопустимо!

Послышались крики механиков на французском, взревели авиационные двигатели, затем стихли и взревели вновь. С колес сняли упоры, и самолет тронулся с места.

Джейн затаила дыхание. Это был всего лишь второй полет в ее жизни, и она еще не утратила способность испытывать трепет. Казалось, самолет сейчас врежется в ограждение, но он благополучно взмыл в небо и сделал разворот, оставив Ле-Бурже далеко внизу.

На борту находился двадцать один пассажир — десять в переднем салоне и одиннадцать в заднем, — а также два пилота и два стюарда. Благодаря хорошей звукоизоляции шум двигателей совсем не казался оглушительным, и затыкать уши ватными шариками не было никакой надобности. Тем не менее он был достаточно сильным, чтобы отбить желание беседовать и расположить к размышлениям. Так что, пока самолет парил над Францией, направляясь в сторону Ла-Манша, пассажиры в заднем салоне предавались мыслям — каждый своим.

Джейн Грей думала: «Я не хочу смотреть на него... Не хочу... Лучше этого не делать. Буду продолжать смотреть в иллюминатор и думать, так будет лучше всего. Это позволит мне обрести душевное равновесие, я обдумаю все с самого начала».

Она решительно переключила сознание на то, что называла началом, — а именно, приобретение билета лотереи «Айриш свип». Это была настоящая блажь, но блажь весьма волнующая.

В салоне красоты, где, помимо, Джейн трудились еще пять молодых леди, царило веселье.

— Что ты сделаешь, если выиграешь его, моя дорогая?

— Я знаю, что сделаю.

Планы — строительство воздушных замков — шутливая болтовня...

Она не выиграла «его» — главный приз, — но выиграла сто фунтов.

Сто фунтов.

— Потрать половину, моя дорогая, а половину отложи на черный день. Никогда не знаешь, что ждет тебя впереди.

— На твоем месте я купила бы шубу. Настоящую шикарную шубу.

— А как насчет круиза?

При мысли о «круизе» Джейн заколебалась, но в конце концов сохранила верность своей первоначальной идее. Неделя в Ле-Пине. Столько ее клиенток побывало там! Ловко манипулируя локонами, Джейн машинально произносила традиционные фразы: «Как давно вы делали перманент, мадам?»; «У вас волосы такого необычного цвета, мадам»; «Каким чудесным было это лето, не правда ли, мадам?» — и в то же время думала: «Почему, черт возьми, я не могу поехать в этот Ле-Пине?» И вот теперь у нее появилась такая возможность.

Выбор одежды не представлял особых трудностей. Подобно большинству лондонских девушек, работавших в модных заведениях, Джейн умела создавать видимость следования моде, добиваясь поразительного эффекта при совершенно смешных затратах. Ее ногти, макияж и прическа были безупречны.

Итак, Джейн отправилась в Ле-Пине.

Как получилось, что десять дней, проведенных в этом городе, сжались в ее сознании до одного происшествия? Происшествия за столом с рулеткой. Джейн позволила себе тратить каждый вечер небольшую сумму на удовольствия, доставляемые азартными играми, и никогда не выходила за ее рамки. Вопреки популярному суеверию, ей, как новичку, не везло. Это был ее четвертый вечер в казино — и последняя ставка этого вечера. До сих пор Джейн осторожно ставила на цвет или на одну из цифр. Сначала она немного выиграла, но потом проиграла бо́льшую сумму, и теперь ждала, чтобы сделать последнюю ставку.

Никто еще в этот вечер не ставил на две цифры — пять и шесть. Не поставить ли ей на одну из них? И если поставить, то на которую? Пять или шесть?

Колесо завертелось, и после недолгих колебаний она поставила на шесть. Одновременно с ней другой игрок, стоявший напротив, поставил на пять.

— *Rien ne va plus*[1], — произнес крупье.

Щелкнув, шарик остановился.

— *Le numéro cinq, rouge, impair, manqué*[2].

Джейн едва не вскрикнула от разочарования. Крупье сгреб лопаткой ставки.

— Вы не собираетесь забирать свой выигрыш? — спросил ее стоявший напротив мужчина.

— Мой выигрыш?

— Да.

— Но я поставила на шесть.

— Нет, на шесть поставил я, а вы поставили на пять.

---

[1] Ставок больше нет (*фр.*).
[2] Номер пять, красный, нечетный, малые числа (*фр.*).

Мужчина улыбнулся обворожительной улыбкой. Он производил чрезвычайно приятное впечатление: ослепительно белые зубы, загорелое лицо, голубые глаза, короткая стрижка ежиком.

Джейн неуверенно забрала выигрыш. Неужели это правда? Ею овладело смятение. Она с сомнением посмотрела на незнакомца. Тот опять улыбнулся ей и сказал:

— Все правильно. Если оставить деньги на столе, их присвоит кто-нибудь другой, кто не имеет на них никакого права. Это старый трюк.

Дружески кивнув ей, он отошел в сторону. Это было очень мило с его стороны. В противном случае Джейн могла бы заподозрить, что он решил воспользоваться этой ситуацией, чтобы познакомиться с нею. Но мужчина явно не принадлежал к этой категории. Он был *славным*...

И вот он сидел напротив нее.

Теперь все в прошлом. Деньги потрачены, последние два дня (довольно скучных) проведены в Париже, она возвращается домой. И что дальше? «Стоп, — мысленно сказала себе Джейн. — Не нужно думать о том, что будет дальше. Будешь только нервничать».

Женщины по другую сторону от прохода замолчали.

Она бросила взгляд в их сторону. Женщина с лицом из дрезденского фарфора с недовольным видом рассматривала сломанный ноготь. Она позвонила в колокольчик, и в проходе тут же появился стюард в белом кителе.

— Пришлите ко мне мою горничную. Она в другом салоне.

— Да, миледи.

В высшей степени почтительный, чрезвычайно проворный и исполнительный стюард тут же исчез. Спустя несколько секунд вместо него появилась темноволосая француженка, одетая в черное. В руках она держала маленькую шкатулку для драгоценностей.

Леди Хорбери обратилась к ней по-французски:

— Мадлен, мне нужен мой красный сафьяновый несессер.

Девушка прошла в конец салона, где был сложен багаж, и вернулась с небольшим дорожным несессером.

— Спасибо, Мадлен, — сказала Сайсли Хорбери. — Он останется у меня, а вы можете идти.

Горничная удалилась. Леди Хорбери открыла несессер, обнажив его красиво отделанную внутренность, и извлекла из него пилку для ногтей. Внимательно, с самым серьезным видом, она довольно долго рассматривала в зеркале отражение своего лица, подкрашивая губы и добавляя пудры.

Джейн презрительно скривила губы и повела взглядом вдоль салона.

Дальше сидел невысокий иностранец, уступивший свое место «величественной» женщине.

Закутанный в совершенно излишнее кашне, он, казалось, крепко спал. Вероятно, почувствовав взгляд Джейн, иностранец открыл глаза, несколько секунд смотрел на нее, после чего снова погрузился в сон.

Рядом с ним сидел высокий седовласый мужчина с властным лицом. Он держал перед собой открытый футляр с флейтой и с нежной заботой протирал инструмент. «Забавно, — подумала Джейн. — Этот человек совсем не походит на музыканта; скорее, юрист или врач».

Далее располагались два француза: один с бородой, второй значительно моложе — вероятно, отец и сын. Они что-то горячо обсуждали, оживленно жестикулируя.

На ее стороне обзору мешала фигура мужчины в синем пуловере, на которого она, по непонятной причине, избегала смотреть.

«Чушь какая-то, — с раздражением подумала Джейн. — Волнуюсь словно семнадцатилетняя девчонка».

Тем временем сидевший напротив нее Норман Гейл думал: «Она прелестна... поистине прелестна. И, несомненно, помнит меня. Она выглядела такой разочарованной, когда ее ставка проиграла... Удовольствие видеть ее счастливой, когда она выиграла, стоило гораздо больше, нежели эти деньги. Я ловко проделал это... Как же она красива, когда улыбается — белые зубы, здоровые десны... Черт возьми, что это я так разволновался... Спокойно, мальчик, спокойно...»

— Я съел бы холодный язык, — сказал он остановившемуся возле него стюарду с меню в руках.

В то же самое время графиню Хорбери одолевали собственные мысли: «Боже, что же мне делать? Это самый настоящий кошмар. Из этого положения я вижу только один выход. Лишь бы мне хватило смелости! Смогу ли я найти в себе силы? У меня совершенно расшатаны нервы. Это все кокаин. Зачем я только пристрастилась к кокаину? Я выгляжу ужасно, просто ужасно... Эта кошка Венеция Керр своим присутствием только усугубляет дело. Вечно смотрит на меня, как на грязь. Она сама хотела заполучить Стивена, только у нее ничего не вышло! Ее длинное лицо просто выводит меня из себя. Оно похоже на лошадиную морду. Терпеть не могу таких женщин... Боже, что же мне делать? Необходимо принять какое-то решение. Эта старая сука не станет бросать слова на ветер...»

Она порылась в своей сумочке, вытащила из пачки сигарету и вставила ее в длинный мундштук. Ее руки слегка дрожали.

Достопочтенная Венеция Керр, в свою очередь, думала: «Чертова шлюха. Да, именно так. Возможно, в техническом плане она и виртуоз, но шлюха есть шлюха. Бедный Стивен... если бы только он мог избавиться от нее...»

Она тоже достала из сумочки сигарету и прикурила от предложенной Сайсли спички.

— Прошу прощения, леди, — раздался голос стюарда. — Курить на борту самолета запрещено.

— Черт возьми! — пробурчала Сайсли Хорбери.

Месье Эркюля Пуаро посетили следующие мысли: «Она прелестна, эта милая девушка. Интересно, чем она так встревожена? Почему она избегает смотреть на этого симпатичного молодого человека, сидящего напротив нее? Она явно ощущает его присутствие, как и он — ее...»

Самолет немного качнуло вниз.

«Мой бедный желудок», — подумал Эркюль Пуаро и закрыл глаза.

Сидевший рядом с ним доктор Брайант думал, нервно поглаживая свою флейту: «Я не в силах принять решение. Просто не в силах. А ведь это поворотный пункт в моей карьере...»

Он осторожно вынул флейту из футляра. Музыка... Средство отрешения от всех забот. С едва заметной улыбкой он поднес флейту к губам и тут же положил ее обратно. Невысокий мужчина с усами, сидевший рядом с ним, крепко спал. Когда однажды самолет тряхнуло, его лицо заметно позеленело. Доктор Брайант мысленно поздравил себя с тем, что он не страдает морской болезнью...

Дюпон-отец повернулся к сидевшему рядом с ним Дюпону-сыну и заговорил, пребывая в явном возбуждении:

— Нет никаких сомнений. Они *все* не правы — немцы, американцы, англичане! Они неправильно датируют доисторические гончарные изделия. Возьмем изделия из Самарры...

— Нужно пользоваться данными из всех источников, — отозвался Жан Дюпон, высокий светловолосый молодой человек, производивший обманчивое впечатление приверженца праздности и лености. — Существуют еще Талл-Халаф и Сакджагёз[1]...

Дискуссия продолжалась несколько минут.

В конце концов Арман Дюпон распахнул потрепанный атташе-кейс.

— Взгляни на эти курдские трубки, изготавливаемые в наше время. Узоры на них точно такие же, как и на изделиях, изготавливавшихся за пять тысяч лет до новой эры.

Он сопроводил свои слова энергичным жестом, едва не выбив из рук стюарда тарелку, которую тот ставил перед ним.

Мистер Клэнси, сидевший позади с Норманом Гейлом, поднялся с кресла, прошел в конец салона, вынул из кармана своего плаща континентальный справочник Брэдшоу[2] и вернулся на место, чтобы разработать сложное алиби для своего персонажа.

---

[1] Самарра, Талл-Халаф, Сакджагёз — города на Ближнем Востоке, места археологических раскопок.

[2] Английский железнодорожный справочник.

Располагавшийся сзади него мистер Райдер думал: «Нужно сделать все от меня зависящее, хотя придется нелегко. Не представляю, где взять денег для выплаты следующих дивидендов... Черт возьми!»

Норман Гейл поднялся с кресла и направился в туалет. Как только он скрылся из вида, Джейн достала зеркало и принялась озабоченно изучать свое лицо. Она тоже подкрасила губы и припудрилась.

Стюард поставил перед ней чашку кофе.

Джейн посмотрела в иллюминатор. Внизу сверкали, отражая солнечные лучи, синие воды Ла-Манша.

Над головой мистера Клэнси, рассматривавшего вариант прибытия поезда в Царьброд в 19.55, жужжала оса. Покружив над ним, она полетела исследовать кофе в чашках отца и сына Дюпонов. Жан Дюпон аккуратно прихлопнул ее.

В салоне воцарилась тишина. Разговоры стихли, мысли продолжили свои маршруты.

В самом конце салона, в кресле № 2, виднелась слегка откинувшаяся назад голова мадам Жизель. Можно было подумать, что она спит. Однако женщина не спала — как не беседовала и не предавалась размышлениям.

Мадам Жизель была мертва...

Глава 2

СТРАШНАЯ НАХОДКА

I

Генри Митчелл, старший из двух стюардов, быстро переходил от столика к столику, оставляя на них счета. Через полчаса они должны были приземлиться в Кройдоне. Получая с пассажиров деньги, он произносил с поклоном:

— Благодарю вас, сэр. Благодарю вас, мадам.

Возле столика, за которым сидели два француза, ему пришлось ждать пару минут, пока они закончат беседовать, оживленно жестикулируя. «И больших чаевых от них не дождешься», — думал он с тоской.

Два пассажира спали — невысокий мужчина с усами и пожилая женщина в конце салона. Она была щедрой на чаевые — ему уже не раз доводилось обслуживать ее в полетах. Он решил пока не будить ее.

Невысокий мужчина, проснувшись, заплатил за бутылку содовой и бисквиты — все, что он заказывал.

Митчелл до последнего ждал, пока проснется пассажирка. Когда до посадки оставалось пять минут, он подошел к ней.

— Извините, мадам, ваш счет.

Стюарт почтительно прикоснулся к ней. Она не пошевелилась. Он слегка потряс ее за плечо. Неожиданно тело женщины начало сползать вниз. Митчелл склонился над ней и тут же распрямился с побелевшим лицом.

II

— Не может быть! — воскликнул Альберт Дэвис, второй стюард.

— Говорю тебе, это правда. — Тело Митчелла сотрясала легкая дрожь.

— Ты *уверен*, Генри?

— Абсолютно. По крайней мере, она без сознания.

— Через пару минут мы уже будем в Кройдоне.

Несколько секунд они стояли в нерешительности, а потом начали действовать. Переходя от столика к столику, Митчелл наклонялся и негромко спрашивал:

— Извините, сэр, вы, случайно, не врач?

— Я стоматолог, — ответил Норман Гейл. — Но если я чем-нибудь могу помочь... — Он привстал с кресла.

— Я врач, — сказал доктор Брайант. — Что случилось?

— В том конце одна леди... Мне не нравится ее вид.

Брайант поднялся и двинулся за стюардом. За ними незаметно последовал невысокий человек с усами.

Доктор Брайант склонился над обмякшим телом полноватой женщины среднего возраста, одетой во все черное, которая сидела в кресле № 2.

Осмотр не занял много времени.

— Она мертва, — констатировал он.

— Что это, по-вашему, приступ?

— Без тщательного обследования я не могу сказать ничего определенного. Когда вы видели ее в последний раз — я имею в виду живой?

Митчелл задумался.

— Когда я принес ей кофе, она была в полном порядке.

— Когда это было?

— Минут сорок пять назад — что-то около того. Потом, когда я принес ей счет, мне показалось, что она спит.

— Она мертва по меньшей мере уже полчаса, — сказал Брайант.

Консилиум начинал привлекать внимание. Пассажиры один за другим поворачивали головы в их сторону и вытягивали шеи, прислушиваясь.

— Может быть, это все-таки приступ? — с надеждой произнес Митчелл.

Он упорно придерживался данной версии. У сестры его жены случались приступы, и ему казалось, что любой человек, даже не будучи врачом, способен определить это состояние.

Доктор Брайант, не имевший ни малейшего желания брать на себя какую-либо ответственность, лишь с озадаченным видом покачал головой.

Сбоку от себя он услышал голос, принадлежавший закутанному в кашне маленькому человеку с усами.

— Смотрите, — сказал тот, — у нее на шее какое-то пятнышко.

Он произнес эти слова извиняющимся тоном, как бы признавая, что говорит с куда более знающими людьми.

— В самом деле, — подтвердил доктор Брайант.

Голова женщины откинулась в сторону. На ее горле отчетливо виднелся крошечный след от укола.

— *Pardon*...[1]

К образовавшейся у кресла № 2 группе присоединились оба Дюпона, в течение нескольких минут внимательно прислушивавшиеся к разговору.

— Вы говорите, леди мертва и у нее на шее пятнышко? — спросил сын, которого звали Жан. — Могу я высказать предположение? По салону летала оса, и я убил ее. — Он продемонстрировал мертвое насекомое, лежавшее на блюдце из-под чашки с кофе. — Может быть, бедная леди умерла от ее укуса? Я слышал, такое случается.

---

[1] Извините... (*фр.*).

— Возможно, — согласился Брайант. — Мне известны подобные случаи. Да, это, несомненно, вполне вероятное объяснение — особенно если леди страдала каким-нибудь сердечным заболеванием...

— Чем я могу помочь, сэр? Мы будем в Кройдоне через минуту.

— Тут уже ничем не поможешь, — сказал доктор Брайант, отступив назад. — Тело трогать нельзя, стюард.

— Да, сэр, я понимаю.

Доктор Брайант повернулся, чтобы вернуться на свое место, и с удивлением увидел перед собой маленького, закутанного в кашне иностранца с усами.

— Уважаемый сэр, будет лучше всего, если вы займете свое кресло. Самолет уже идет на посадку.

— Совершенно верно, сэр, — поддержал его стюард. — Господа, пожалуйста, займите свои места, — добавил он, возвысив голос.

— *Pardon,* — произнес иностранец. — Тут есть кое-что...

— Кое-что?..

— *Mais oui*[1]. Что вы упустили из виду.

Он показал, что имеет в виду, носком своего кожаного ботинка. Доктор Брайант и стюард проследили за движением его ноги и увидели нечто

---

[1] Ну да (*фр.*).

черно-желтое, наполовину скрытое черной полой юбки.

— Еще одна оса? — с удивлением спросил доктор.

Эркюль Пуаро — а это был он — опустился на колени, достал из кармана пинцет и через секунду поднялся, держа в руке трофей.

— Да, — сказал он, — это очень похоже на осу. Но не оса!

Он поднял руку и повертел в разные стороны зажатый в пинцете предмет, чтобы доктор и стюард могли рассмотреть его. Это был шнурок из ворсистой шелковой ткани оранжево-черного цвета с прикрепленным к нему длинным шипом довольно странного вида, имевшим бесцветный кончик.

— Боже милостивый! — воскликнул мистер Клэнси, покинувший свое место и выглядывавший из-за плеча стюарда. — Замечательная, в самом деле исключительно замечательная вещь! В жизни не видел ничего подобного! Клянусь честью, ни за что не поверил бы, если б не увидел собственными глазами!

— Не могли бы вы выражаться немного яснее, сэр? — сказал стюард. — Вы узнали этот предмет?

— Узнал? Разумеется, узнал. — Мистера Клэнси распирало от гордости и самодовольства. — Этот предмет, джентльмены, представляет собой дротик, которым стреляют при помощи духовой трубки представители некоторых племен — затрудняюсь сказать точно, из Южной Америки или с острова Борнео. Но это, несомненно, такого рода дротик, и я подозреваю, что его кончик...

— ...смазан тем самым знаменитым ядом южноамериканских индейцев, — закончил за него Эркюль Пуаро. *Mais enfin! Est-ce que c'est possible?*[1]

— Это действительно очень необычно, — сказал мистер Клэнси, все еще пребывавший в состоянии радостного возбуждения. — Я сам сочиняю детективные романы, но столкнуться с подобным в реальной жизни...

Ему не хватало слов для выражения обуревавших его чувств.

Медленно вышло шасси, и те, кто стоял, слегка пошатнулись. Снижаясь над аэродромом Кройдона, самолет сделал вираж.

Глава 3

КРОЙДОН

Стюард и доктор больше не несли ответственность за сложившуюся ситуацию. Ее взял на себя невысокий мужчина довольно нелепого вида, закутанный в кашне. В его тоне отчетливо звучали власт-

---

[1] Но в конце концов! Неужели это возможно? (*фр.*)

ные нотки, и необходимость подчиняться ему ни у кого не вызывала сомнения.

Он шепнул что-то Митчеллу, тот кивнул и, проложив себе путь через толпу пассажиров, встал в дверях за туалетами, которые вели в передний салон.

Шасси коснулось земли, и самолет побежал по взлетно-посадочной полосе. Когда он остановился, Митчелл объявил:

— Леди и джентльмены, прошу вас оставаться на своих местах вплоть до распоряжения представителей власти. Надеюсь, вы не задержитесь здесь слишком долго.

Пассажиры салона согласились с разумностью этого предложения, за исключением одной дамы.

— Что за ерунда! — гневно крикнула леди Хорбери. — Вам известно, кто я такая? Я настаиваю, чтобы меня немедленно выпустили!

— Очень сожалею, миледи, но я не могу сделать исключение для кого бы то ни было.

— Но это нелепость! Самый настоящий абсурд! — Сайсли топнула ногой. — Я сообщу о вашем поведении в авиакомпанию. Это просто возмутительно! Вы заставляете нас сидеть рядом с мертвым телом...

— Послушайте, моя дорогая, — сказала Венеция Керр, по своему обыкновению манерно растягивая слова. — Конечно, положение ужасное, но, я думаю, нам придется смириться с этим. —

Она села в кресло и вытащила пачку сигарет. — Теперь-то я уже могу закурить, стюард?

— Полагаю, это уже не имеет значения, — устало ответил Митчелл.

Он бросил взгляд через плечо. Дэвис высадил пассажиров из переднего салона по аварийной лестнице и ушел получать распоряжения от начальства.

Ожидание длилось недолго, но пассажирам казалось, что прошло по меньшей мере полчаса, прежде чем высокий человек в штатском с военной выправкой и сопровождавший его полицейский в форме быстро пересекли летное поле и поднялись на борт самолета, войдя через дверь, которую держал открытой Митчелл.

— Так что же все-таки случилось? — спросил человек в штатском властным, официальным тоном.

Он выслушал Митчелла, затем доктора Брайанта, после чего бросил быстрый взгляд на скорчившуюся в кресле фигуру мертвой женщины и, отдав приказ констеблю, обратился к пассажирам:

— Леди и джентльмены, пожалуйста, следуйте за мной.

Он провел их по летному полю — но не в зал таможенной службы, а в офисное помещение.

— Надеюсь, я не задержу вас дольше, чем это необходимо.

— Послушайте, инспектор, — сказал Джеймс Райдер, — у меня важная деловая встреча в Лондоне.

— Мне очень жаль, сэр.

— Я — леди Хорбери и нахожу абсолютно возмутительным то, что меня задерживают подобным образом!

— Искренне сожалею, леди Хорбери, но дело весьма серьезное. Похоже, это убийство.

— Яд, которым смазывают стрелы южноамериканские индейцы, — пробормотал мистер Клэнси с улыбкой на лице.

Инспектор посмотрел на него с подозрением.

Французский археолог взволнованно заговорил по-французски, и инспектор отвечал ему на том же языке — медленно, тщательно подбирая слова.

— Это, конечно, чрезвычайно досадная ситуация, но я полагаю, вы обязаны исполнить свой долг, инспектор, — сказала Венеция Керр.

— Спасибо, мадам, — поблагодарил ее инспектор. — Леди и джентльмены, пожалуйста, побудьте здесь, а я тем временем поговорю с доктором... доктором...

— Моя фамилия Брайант.

— Благодарю вас. Пройдите, пожалуйста, сюда, доктор.

— Могу ли я присутствовать при вашем разговоре?

Этот вопрос задал невысокий мужчина с усами.

Инспектор, приготовившись дать резкую отповедь, повернулся к нему, и вдруг выражение его лица изменилось.

— Прошу прощения, *мусье* Пуаро, — сказал он. — Вы так закутались в кашне, что я не узнал вас. Пожалуйста, проходите.

Он распахнул дверь, и Брайант с Пуаро вышли из офиса — под подозрительными взглядами остальных пассажиров.

— Почему ему вы позволили уйти, а мы должны оставаться здесь? — с негодованием воскликнула Сайсли Хорбери.

Венеция Керр безропотно села на скамью.

— Наверное, он французский полицейский. Или таможенный чиновник, шпионящий за пассажирами. — Она зажгла сигарету.

Норман Гейл с робостью обратился к Джейн:

— Кажется, я видел вас в... Ле-Пине.

— Я была в Ле-Пине.

— Прекрасное место, — сказал Гейл. — Мне очень нравятся сосны.

— Да, они так замечательно пахнут.

Минуту или две они молчали, не зная, о чем говорить дальше.

В конце концов Гейл нарушил молчание.

— Я... сразу узнал вас в самолете.

— В самом деле? — выразила удивление Джейн.

— Как вы думаете, эта женщина действительно была убита?

— Думаю, да. Весьма захватывающее приключение, хотя и довольно неприятное.

По ее телу пробежала дрожь, и Норман Гейл придвинулся к ней ближе, словно стараясь защитить ее.

Дюпоны разговаривали друг с другом по-французски. Мистер Райдер производил вычисления в записной книжке, время от времени поглядывая на часы. Сайсли Хорбери сидела, нетерпеливо притоптывая ногой по полу.

Крупный полицейский в синей форме стоял, прислонившись спиной к закрытой двери.

В соседней комнате инспектор Джепп беседовал с доктором Брайантом и Эркюлем Пуаро.

— У вас просто-таки дар появляться в самых неожиданных местах, *мусье* Пуаро.

— Но, по-моему, аэродром Кройдон не входит в сферу вашей компетенции, друг мой? — спросил Пуаро.

— Я охочусь за одним крупным контрабандистом и оказался здесь как нельзя более кстати. Это самый поразительный случай из тех, с которыми мне доводилось сталкиваться за многие годы... Итак, перейдем к делу. Прежде всего, доктор, назовите, пожалуйста, свое полное имя и адрес.

— Роджер Джеймс Брайант. Я отоларинголог. Проживаю по адресу Харли-стрит[1], триста двадцать девять.

---

[1] На этой улице Лондона по традиции селились и размещали частную практику наиболее известные и дорогие врачи города.

Флегматичного вида полицейский, сидевший за столом, записал эти данные.

— Наш хирург, разумеется, осмотрит тело, — сказал Джепп, — но мы хотим, чтобы вы приняли участие в расследовании, доктор.

— Хорошо.

— У вас имеется предположение относительно времени смерти?

— Она наступила по меньшей мере полчаса назад. Я осмотрел ее за несколько минут до посадки самолета в Кройдоне. Точнее сказать не могу. Насколько мне известно, стюард разговаривал с ней примерно часом ранее.

— Ну что же, это сужает временные рамки наступления смерти.

— Я полагаю, излишне спрашивать, не заметили ли вы что-либо подозрительное?

Доктор покачал головой.

— Что же касается меня, я спал, — с грустью произнес Пуаро. — В воздухе я страдаю морской болезнью — почти так же, как и на море. Я всегда заворачиваюсь в кашне и стараюсь уснуть.

— А нет ли у вас каких-либо соображений по поводу причины смерти, доктор?

— Пока я не стал бы говорить ничего определенного. Вскрытие покажет.

Джепп понимающе кивнул.

— Ладно, доктор, — сказал он. — Думаю, нам больше нет нужды задерживать вас. Боюсь, вам предстоит пройти некоторые формальности, как и всем пассажирам. Мы не можем делать исключение для кого бы то ни было.

Доктор Брайант улыбнулся.

— Я предпочел бы удостовериться в том, что у меня на теле не спрятана духовая трубка или какое-либо другое смертоносное оружие, — сказал он с самым серьезным выражением на лице.

— Об этом позаботится Роджерс. — Джепп кивнул в сторону своего подчиненного. — Между прочим, доктор, что, по вашему мнению, могло находиться на нем? — Он указал на дротик, лежавший перед ним на столе в маленькой коробке.

Брайант покачал головой:

— Без проведения анализа трудно сказать. Насколько мне известно, обычно южноамериканские индейцы используют кураре.

— Он способен вызвать такой эффект?

— Это чрезвычайно быстродействующий яд.

— Но ведь его, наверное, не так легко достать?

— Для непрофессионала действительно нелегко.

— В таком случае нам придется обыскать вас с особой тщательностью, — сказал любивший пошутить Джепп. — Роджерс!

Доктор и констебль вышли из комнаты.

Инспектор откинулся на спинку кресла и взглянул на Пуаро.

— Дело довольно странное, — сказал он. — Странное до неправдоподобия. Духовые трубки и отравленные стрелы на борту самолета — это выше всякого понимания.

— Очень тонкое замечание, друг мой, — сказал сыщик.

— Сейчас двое моих людей производят следственные действия в самолете, — сказал Джепп, — специалист по следам обуви и фотограф. Думаю, нам следует допросить стюардов.

Он подошел к двери, приоткрыл ее и отдал распоряжение. В комнату ввели двух стюардов. Более молодой Дэвис был явно взволнован, лицо Митчелла покрывала бледность, и оно выражало страх.

— Всё в порядке, ребята, — сказал Джепп. — Садитесь. Паспорта у вас с собой? Отлично.

Он принялся быстро просматривать паспорта пассажиров.

— Ага, вот она. Мари Морисо — французский паспорт. Вам известно о ней что-нибудь?

— Я видел ее раньше. Она часто летала в Англию и обратно, — сказал Митчелл.

— Наверное, занималась каким-нибудь бизнесом. Не знаете, каким именно?

Митчелл покачал головой.

— Я тоже помню ее, — сказал Дэвис. — Однажды летел с ней утренним восьмичасовым рейсом из Парижа.

— Кто из вас последним видел ее живой?

— Он. — Дэвис указал на Митчелла.

— Да, — подтвердил тот. — Я принес ей кофе.

— Как она выглядела в этот момент?
— Ничего такого я не заметил. От сахара и молока она отказалась.
— В какое время это было?
— Ну, точно я сказать не могу. Мы летели над Ла-Маншем... Примерно в два часа.
— Что-то около этого, — подтвердил Альберт Дэвис.
— Когда вы видели ее в следующий раз?
— Когда принес ей счет.
— В какое время это было?
— Минут через пятнадцать. Я подумал, что она спит — а оказывается, она уже была мертва! — В голосе стюарда прозвучал ужас.
— Вы не заметили вот это? — Джепп показал ему дротик, напоминавший осу.
— Нет, сэр, не заметил.
— А вы, Дэвис?
— Последний раз я видел ее, когда принес ей галеты с сыром. Она была в полном порядке.
— По какой системе вы обслуживаете пассажиров? — спросил Пуаро. — За каждым из вас закреплен отдельный салон?
— Нет, сэр, мы работаем вместе. Суп, потом мясо, овощи, салат, десерт — и так далее. Обычно мы обслуживаем сначала задний салон, а затем — передний.

Пуаро кивнул.

— Эта Морисо разговаривала с кем-нибудь на борту самолета? Может быть, она узнала кого-то из пассажиров? — спросил Джепп.

— Ничего такого я не заметил, сэр.

— А вы, Дэвис?

— Нет, сэр.

— Она покидала свое кресло во время полета?

— Не думаю, сэр.

— Можете ли вы оба привести какие-то факты, проливающие свет на это дело?

Поразмыслив несколько секунд, стюарды покачали головами.

— Ну, тогда пока всё. Мы еще поговорим. Позже.

— Это скверное происшествие, сэр, — сказал Генри Митчелл. — И мне очень не нравится, что я, так сказать, причастен к нему.

— Я не вижу какой-либо вины с вашей стороны, — возразил Джепп. — Но происшествие действительно скверное.

Он показал стюардам жестом, что они свободны, но в этот момент Пуаро слегка подался вперед.

— Разрешите мне задать один вопрос.

— Пожалуйста, месье Пуаро.

— Кто-нибудь из вас видел осу, летавшую по салону?

Оба стюарда снова покачали головами.

— Я лично никакой осы не видел, — ответил Митчелл.

— Оса *была,* — сказал Пуаро. — Ее мертвое тело лежало на тарелке одного из пассажиров.

— Я ничего подобного не видел, сэр, — сказал Митчелл.

— Я тоже, — добавил Дэвис.

— Ладно, можете быть свободными.

Стюарды вышли из комнаты. Джепп пролистал паспорта пассажиров.

— На борту находилась графиня. Наверное, это та самая, что пытается командовать. Нужно допросить ее первой, а то поднимет потом крик в парламенте о грубых методах работы полиции...

— Надеюсь, вы проверите ручную кладь пассажиров заднего салона самым тщательным образом.

Инспектор бодро подмигнул.

— А как вы думаете, *мусье* Пуаро? Нам нужно найти эту духовую трубку — если, конечно, она существует и мы все не грезим!.. Мне это представляется кошмарным сном. Надеюсь, наш писатель не свихнулся и не решил воплотить в жизнь одно из придуманных им преступлений, вместо того, чтобы описать его на бумаге? Отравленная стрела — это в его духе.

Пуаро покачал головой с выражением сомнения на лице.

— Да, — продолжал Джепп, — необходимо обыскать всех, как бы они ни сопротивлялись, и осмотреть багаж до последней сумки. Никакие возражения не принимаются.

— Вероятно, следует составить точный список, — предложил сыщик. — Перечень всех предметов, составляющих имущество пассажиров.

Джепп взглянул на него с любопытством.

— Обязательно составим, если вы советуете, *мусье* Пуаро. Правда, я не вполне понимаю, куда вы клоните... Ведь мы знаем, что ищем.

— Возможно, *вы* и знаете, *mon ami*[1], но *я* не столь уверен в том, что знаю. Я ищу что-то, но не знаю, что.

— Опять вы за свое, *мусье* Пуаро! Любите все усложнять... Ну ладно, займемся миледи, пока она не выцарапала мне глаза.

Однако леди Хорбери вела себя подчеркнуто спокойно. Заняв предложенное ей кресло, она отвечала на вопросы Джеппа без малейших колебаний. Она сказала, что является супругой графа Хорбери, и назвала адрес своего сельского поместья — Сассекс, Хорбери-Чейз — и своего дома в Лондоне — Гросвенор-сквер, 315. Она возвращалась в Лондон после пребывания в Ле-Пине и Париже. Умершая женщина была ей совершенно незнакома. Ничего подозрительного во время полета она не заметила. Насколько ей помнилось, из переднего салона в задний, кроме стюардов, никто

---

[1] Мой друг (*фр.*).

не входил. Своего кресла она не покидала. Она не могла сказать точно, но, кажется, двое пассажиров-мужчин выходили из заднего салона в туалет. Никакой духовой трубки у кого бы то ни было она не видела. На вопрос Пуаро, не заметила ли она в салоне летающую осу, ответ был отрицательным.

Леди Хорбери получила разрешение удалиться. Ее место заняла достопочтенная Венеция Керр.

Показания мисс Керр во многом совпадали с показаниями ее подруги. Она назвалась Венецией Энни Керр. Проживала по адресу: Сассекс, Хорбери, Литтл-Пэддок. Возвращалась с юга Франции. С покойной прежде никогда не встречалась. Во время полета ничего подозрительного не заметила. Да, она видела, как несколько пассажиров в салоне ловили осу, и один из них, как ей показалось, убил ее. Это случилось после того, как был подан ланч.

Мисс Керр ушла.

— Похоже, вас очень интересует эта оса, *мусье* Пуаро.

— Эта оса не столько представляет интерес, сколько наводит на размышления, вы не находите?

— Если хотите знать мое мнение, — сказал Джепп, меняя тему, — эти два француза вызывают у меня наибольшее подозрение. Они сидели рядом с этой Морисо, через проход. Они не внушают доверия, и их старый, потрепанный чемодан весь обклеен иностранными ярлыками. Не удивлюсь, если они побывали на Борнео, в Южной Америке или где-нибудь еще в этом роде. Конечно, пока мы не можем определить мотив, но я думаю, его следует искать в Париже. Нужно связаться с французской сыскной полицией. Это в большей степени их дело, нежели наше. Но эти два бандита — наша добыча.

На мгновение в глазах Пуаро вспыхнули огоньки.

— Очень даже может быть. Но кое в чем вы ошибаетесь. Эти двое отнюдь не бандиты или головорезы, как вы полагаете. Они — выдающиеся и весьма образованные археологи.

— Да ладно, не морочьте мне голову!

— Это правда. Я хорошо знаю их, хотя и не знаком с ними. Это Арман Дюпон и его сын, Жан Дюпон. Они не так давно вернулись из Персии, где занимались очень интересными раскопками неподалеку от Сузы.

— Продолжайте!.. — Инспектор взял паспорт. — Вы правы, *мусье* Пуаро, — сказал он. — Но вы должны признать, выглядят они довольно неказисто.

— Знаменитые люди редко выглядят иначе. Меня самого — *moi, qui vous parle!*[1] — однажды приняли за парикмахера.

— Не может быть, — сказал Джепп с ухмылкой. — Ну что же, давайте посмотрим на наших выдающихся археологов.

---

[1] Меня, собственной персоной! (*фр.*)

Месье Дюпон-отец заявил, что покойная ему совершенно незнакома. Что происходило на борту самолета, он не заметил, поскольку был увлечен беседой с сыном на чрезвычайно интересную тему. За время полета он ни разу не покинул своего кресла. Да, когда ланч подходил к концу, он видел осу.

Месье Жан Дюпон подтвердил эти свидетельства. Он не обращал внимания на то, что происходило вокруг. Оса докучала ему, и он ее убил. Какова была тема беседы? Гончарное дело доисторической эпохи на Ближнем Востоке.

Мистеру Клэнси, который был следующим, пришлось очень нелегко, поскольку он, по мнению инспектора Джеппа, слишком много знал о духовых трубках и отравленных стрелах.

— У вас самого имелась когда-нибудь духовая трубка?

— Ну... да... вообще-то духовая трубка у меня есть.

— В самом деле? — Инспектор Джепп с радостью ухватился за это признание.

Низкорослый Клэнси заговорил, взвизгивая от волнения:

— Вы не должны... делать неправильных выводов. У меня не было злого умысла. Я могу объяснить...

— Да, сэр. Вам *придется* объяснить.

— Видите ли, я писал книгу, в которой убийство было совершено этим способом...

— Вот как?

В тоне Джеппа явственно слышалась угроза. Клэнси поспешил продолжить:

— Там все дело было в отпечатках пальцев — если вы понимаете, о чем идет речь. Мне была необходима иллюстрация, изображающая отпечатки пальцев... их расположение на духовой трубке. И однажды, года два назад, я увидел такую трубку — на Черинг-Кросс-роуд. Мой друг, художник, любезно нарисовал ее для меня — вместе с отпечатками пальцев. Я могу назвать заглавие книги — «Ключ алого лепестка» — и имя моего друга.

— Трубка у вас сохранилась?

— Да... наверное... кажется, да.

— И где она сейчас находится?

— Ну, думаю... должно быть, где-то лежит.

— Где именно она лежит, мистер Клэнси?

— Не могу сказать вам точно. Я не очень аккуратен.

— А не при вас ли она сейчас?

— Нет-нет, что вы! Она не попадалась мне на глаза уже месяцев шесть.

Инспектор Джепп окинул его холодным взглядом, в котором сквозило подозрение, и продолжил допрос:

— Вы покидали свое кресло на борту самолета?

— Нет, определенно нет... Хотя вообще-то покидал.

— Ах, все-таки *покидали*... И куда же вы ходили?

— Я ходил взять справочник Брэдшоу из кармана моего плаща. Плащ лежал у входа в одной куче с чемоданами и другими вещами.

— Значит, вы проходили мимо кресла покойной женщины?

— Нет... хотя да... должно быть, проходил. Но это было задолго до того, как что-либо могло случиться. К тому моменту я только что закончил с супом.

Дальнейшие вопросы повлекли за собой отрицательные ответы. Мистер Клэнси не заметил ничего подозрительного. Он был поглощен сочинением алиби для одного из своих персонажей.

— Алиби? — мрачно переспросил инспектор.

В этот момент в допрос вмешался Пуаро с вопросом об осах.

Да, Клэнси видел осу. Она напала на него. Он боится ос. Когда это было? Сразу после того, как стюард принес ему кофе. Он отогнал ее, и она улетела.

После того как были записаны имя и адрес писателя, ему позволили уйти, что он и сделал с выражением огромного облегчения на лице.

— Этот типус вызывает определенное подозрение, — сказал Джепп. — Имеет духовую трубку... И посмотрите, как себя ведет. Явно нервничает.

— Это реакция на официальность и строгость вашего обращения с ним, мой милый Джепп.

— Если человек говорит правду, ему нечего бояться, — возразил инспектор.

Пуаро посмотрел на него с нескрываемым сожалением.

— Надеюсь, вы искренне верите в это.

— Разумеется. Так оно и есть. А теперь давайте-ка послушаем Нормана Гейла.

Норман Гейл назвал свой адрес — Масуэлл-Хилл, Шеппердс-авеню, 14. Профессия — стоматолог. Он возвращался из отпуска, проведенного в Ле-Пине, на южном побережье Франции. Один день провел в Париже, разыскивая стоматологические инструменты новых типов. Никогда не видел покойную и ничего подозрительного во время полета не заметил. Он вообще сидел лицом в другую сторону — в направлении переднего салона. Свое кресло покинул лишь однажды, чтобы сходить в туалет, и ни разу не был в задней части салона. Никакой осы он не видел.

Его сменил Джеймс Райдер. Он выглядел раздраженным и был несколько резок в своих манерах. Он возвращался после делового визита в Париж. Покойную не знал. Да, он сидел прямо перед ней, но не мог видеть ее, не поднявшись с кресла. Ничего не слышал — ни восклицания, ни вскрика. Кроме стюардов, по салону никто не ходил. Да, через проход напротив него сидели два француза;

практически все время они беседовали. Более молодой из них убил осу, когда ланч подходил к концу. Нет, до этого он осу не замечал. Как выглядит духовая трубка, не знает, поскольку никогда ее не видел.

В этот момент раздался стук в дверь. В комнату с торжествующим видом вошел констебль.

— Сержант нашел вот это, сэр, — сказал он, — и решил, что вам будет интересно взглянуть.

Он положил трофей на стол и осторожно развернул носовой платок, в который тот был завернут.

— Отпечатков пальцев нет, сэр, так сказал сержант. Но он велел мне обращаться с этим аккуратно.

Найденным предметом оказалась духовая трубка — явно туземного происхождения.

Джепп глубоко вздохнул.

— Боже милостивый! Так значит, это правда? Честное слово, я не верил!

Мистер Райдер наклонился вперед с выражением заинтересованности на лице.

— Вот это, стало быть, используют южноамериканские индейцы? Я читал о подобных штуках, но никогда не видел. Теперь я могу ответить на ваш вопрос. Никогда ничего подобного не видел.

— Где она была найдена? — отрывисто спросил инспектор.

— Ее засунули за кресло, сэр, так, что она была не видна.

— За какое кресло?

— Номер девять.

— Чрезвычайно занимательно, — произнес Пуаро.

Джепп повернулся в его сторону:

— Что же здесь занимательного?

— Только то, что в кресле номер девять сидел я.

— Должен заметить, это выглядит несколько странно, — сказал мистер Райдер.

Джепп нахмурился:

— Благодарю вас, мистер Райдер. Этого достаточно.

Когда за последним закрылась дверь, инспектор повернулся к Пуаро и с ухмылкой посмотрел на него:

— Так это ваших рук дело?

— *Mon ami*, — с достоинством произнес сыщик, — если я и совершу когда-нибудь убийство, то уж точно не с помощью дротика, отравленного ядом южноамериканских индейцев.

— Да, довольно подлый способ, — согласился Джепп, — но, похоже, весьма эффективный.

— Именно это и вызывает ярость.

— Кем бы ни был убийца, он здорово рисковал. Боже, это, должно быть, настоящий маньяк... Кто у нас еще остался? Девушка. Давайте выслушаем ее и на этом закончим. Джейн Грей — звучит как имя персонажа книги по истории.

— Красивая девушка, — заметил Пуаро.

— В самом деле, дамский вы угодник? Стало быть, спали не все время, ага?

— Она заметно нервничала, — произнес маленький бельгиец.

— Нервничала? — насторожился Джепп.

— Мой дорогой друг, если девушка нервничает, это связано с молодым человеком, а не с преступлением.

— Ну, наверное, вы правы... А вот и она.

На заданные ей вопросы Джейн отвечала достаточно четко. Звали ее Джейн Грей, работала она в салоне красоты мистера Антуана на Брутон-стрит, проживала по адресу: Хэррогейт-стрит, эн-дабл-ю-5[1]. Возвращалась в Англию из Ле-Пине.

— Из Ле-Пине. Хм-м...

В ходе дальнейших расспросов всплыл билет.

— Должно быть, этот «Айриш свипс» основан незаконно, — проворчал Джепп.

— А мне кажется, это просто замечательно! — сказала Джейн. — Вы когда-нибудь ставили полкроны на лошадь?

Инспектор смутился и покраснел.

---

[1] Здесь и далее: подобные буквенно-цифровые обозначения являются британскими почтовыми кодами и определяют район, в котором находится тот или иной адрес.

Снова последовали вопросы. Когда ей предъявили трубку, Джейн заявила, что видит эту вещь впервые. Покойную она не знала, но обратила на нее внимание в Ле-Бурже.

— Что конкретно привлекло в ней ваше внимание?

— Ее уродливость, — откровенно призналась Джейн.

Больше ничего интересного она сообщить не могла и была отпущена.

Джепп принялся пристально рассматривать духовую трубку.

— Ничего не понимаю... Прямо какой-то детективный роман! И что же мы теперь должны искать? Человека, ездившего туда, где изготавливают подобные штуки? И откуда привезена эта трубка? Нужно найти специалиста. Она может быть малайской, африканской или южноамериканской.

— Первоначально — да, — сказал Пуаро, — но если вы посмотрите внимательно, мой друг, то увидите микроскопический кусочек бумаги, приклеенный к трубке. Он очень напоминает мне остатки оторванного ярлыка. Я думаю, этот конкретный образец был привезен из тропиков каким-нибудь владельцем магазина экзотических сувениров. Возможно, это облегчит нам поиск. Один маленький вопрос...

— Пожалуйста, спрашивайте.

— Вы все-таки составите список имущества пассажиров?

— Теперь это не так важно, но сделать можно. Я смотрю, вы придаете этому большое значение?

— *Mais oui*. Я совершенно сбит с толку. Если б только можно было найти что-нибудь, что могло бы мне помочь...

Джепп не слушал его. Он изучал рваный товарный чек.

— Эти авторы детективов всегда изображают полицейских идиотами, которые все делают неправильно. Если б я разговаривал со своим начальством так, как они это описывают, меня на следующий же день вышвырнули бы из полиции. Эти невежественные писаки, сочиняющие всякую чушь, думают, что, совершив подобное дурацкое убийство, они могут выйти сухими из воды!

Глава 4

Следствие

Следствие по делу об убийстве Мари Морисо началось четыре дня спустя. Необычный характер ее смерти вызвал большой общественный интерес, и зал коронерского суда был переполнен.

Первым в качестве свидетеля вызвали пожилого француза с седой бородой — мэтра Александра Тибо. Он говорил по-английски медленно, тщательно подбирая слова и с легким акцентом, но довольно образно.

Задав предварительные вопросы, коронер спросил его:

— Увидев тело покойной, вы узнали ее?

— Узнал. Это моя клиентка Мари Анжелика Морисо.

— Это имя указано в паспорте покойной. Известна ли она публике под другим именем?

— Да, под именем мадам Жизель.

По залу прокатился ропот. Репортеры сидели с карандашами на изготовку.

— Скажите нам, пожалуйста, кто такая... кем была мадам Жизель?

— Мадам Жизель — таков ее профессиональный псевдоним, под которым она занималась бизнесом, — являлась одной из самых известных ростовщиц в Париже.

— И где же она занималась бизнесом?

— На рю Жольетт, три. Там же она и проживала.

— Насколько я понимаю, она ездила в Англию довольно часто. Ее бизнес распространялся и на эту страну?

— Да, среди ее клиентов имелось много англичан. Она была хорошо известна в определенных кругах английского общества.

— Не могли бы вы уточнить, в каких именно?

— К ее услугам прибегали представители высших классов, когда им требовалась конфиденциальность.

— Она действительно соблюдала конфиденциальность?

— В высшей степени тщательно.

— Могу я спросить вас, известны ли вам подробности ее... сделок?

— Нет. Я имел дело с юридической стороной ее бизнеса. Мадам Жизель была очень компетентна, вела дела чрезвычайно умело и эффективно и самостоятельно контролировала свой бизнес. Она была — если можно так выразиться — весьма оригинальной личностью и известной общественной деятельницей.

— На момент смерти она была богатой женщиной?

— Очень состоятельной.

— Известно ли вам, у нее были враги?

— Это мне неизвестно.

Мэтр Тибо занял свое место в зале, после чего был вызван Генри Митчелл.

— Ваше имя Генри Чарльз Митчелл, и проживаете вы по адресу: Уондсворт, Шублэк-лейн, одиннадцать? — спросил коронер.

— Да, сэр.

— Вы служите в «Юниверсал эйрлайнс лимитед»?

— Да, сэр.

— Вы занимаете должность старшего стюарда на авиалайнере «Прометей»?

— Да, сэр.

— В прошлый вторник, восемнадцатого числа, вы находились на борту «Прометея», летевшего двенадцатичасовым рейсом из Парижа в Кройдон. Покойная летела тем же рейсом. Вы видели ее прежде?

— Да, сэр. Полгода назад я летал рейсом восемь сорок пять и раз или два видел ее на борту самолета.

— Вы знали ее имя?

— Ну, оно значилось в моем списке, но я специально не запоминал его.

— Вам приходилось когда-нибудь слышать имя мадам Жизель?

— Нет, сэр.

— Пожалуйста, опишите события прошлого вторника.

— Я подал пассажирам ланч, сэр, а потом начал разносить им счета. Мне показалось, что покойная спит. Я решил не беспокоить ее до тех пор, пока не останется пять минут до посадки. Когда же я попытался разбудить ее, выяснилось, что она не то мертва, не то лишилась чувств. На борту самолета оказался врач, и он...

— В скором времени мы заслушаем показания доктора Брайанта. Взгляните, пожалуйста, вот на это.

Митчеллу передали духовую трубку, и он с осторожностью взял ее.

— Вы видели данный предмет прежде?

— Нет, сэр.

— Вы уверены, что не видели его в руках кого-либо из пассажиров?

— Да, сэр.

— Альберт Дэвис.

Место свидетеля занял младший стюард.

— Вы Альберт Дэвис, проживающий по адресу: Кройдон, Берком-стрит, двадцать три. Место вашей службы — «Юниверсал эйрлайнс лимитед»?

— Да, сэр.

— В прошлый вторник вы находились на борту «Прометея» в качестве второго стюарда?

— Да, сэр.

— Каким образом вам стало известно о произошедшей трагедии?

— Мистер Митчелл сказал мне, что с одной из пассажирок что-то случилось.

— Раньше вы видели вот это?

Дэвису передали духовую трубку.

— Нет, сэр.

— Вы не замечали данный предмет в руках кого-либо из пассажиров?

— Нет, сэр.

— Не случилось ли во время полета что-то такое, что, по вашему мнению, могло бы пролить свет на это дело?

— Нет, сэр.

— Очень хорошо. Вы свободны... Доктор Роджер Брайант.

Доктор Брайант назвал свое имя, адрес и сообщил, что его профессия — врач-отоларинголог.

— Расскажите нам, пожалуйста, доктор Брайант, во всех подробностях, что произошло на борту самолета в прошлый вторник, восемнадцатого числа.

— Незадолго до посадки в Кройдоне ко мне обратился старший стюард. Он спросил, не врач ли я. Получив утвердительный ответ, он сказал, что одной пассажирке стало плохо. Я поднялся и пошел за ним. Женщина полулежала в кресле. Она была мертва уже некоторое время.

— Какое время, по вашему мнению?

— На мой взгляд, по меньшей мере полчаса. Точнее, от получаса до часа.

— У вас возникла какая-либо версия относительно причины смерти?

— Нет. Без тщательного обследования причину смерти установить было невозможно.

— Но вы заметили на ее шее след от укола?

— Да.

— Благодарю вас... Доктор Джеймс Уистлер.

На свидетельское место встал доктор Уистлер — невысокий худой человек.

— Вы являетесь полицейским врачом данного округа?

— Совершенно верно.
— Можете ли вы дать показания по этому делу?
— В начале четвертого в прошлый вторник, восемнадцатого числа, я получил вызов на аэродром Кройдон. Там мне предложили подняться на борт самолета «Прометей» и показали женщину средних лет, сидевшую в одном из кресел. Она была мертва, и смерть ее наступила, по моей оценке, примерно часом ранее. На ее шее сбоку я заметил круглое пятнышко — непосредственно на яремной вене. Это вполне мог быть след укуса осы или укола шипа, который показали мне. Тело было перенесено в морг, где я тщательно осмотрел его.
— К какому заключению вы пришли?
— Я пришел к заключению, что причиной смерти явилось введение сильного токсина в кровеносную систему. Смерть наступила в результате остановки сердца и была практически мгновенной.
— Вы можете сказать, что это был за токсин?
— Я с таким прежде никогда не сталкивался.

Репортеры, внимательно слушавшие допрос свидетеля, записали в своих блокнотах: «Неизвестный яд».

— Благодарю вас... Мистер Генри Уинтерспун.

Мистер Уинтерспун был крупным мужчиной задумчивого вида, с добродушным, но в то же время глуповатым выражением лица. Как это было ни поразительно, но он оказался главным государственным экспертом по редким ядам.

Коронер показал ему роковой шип и спросил, узнает ли он этот предмет.

— Да. Мне прислали его для проведения анализа.

— Вы можете рассказать нам о результатах анализа?

— Конечно. Могу сказать, что первоначально шип окунали в кураре — яд, используемый некоторыми племенами.

Репортеры энергично заработали карандашами.

— Стало быть, вы считаете, что смерть могла быть вызвана воздействием кураре?

— Нет-нет, — возразил мистер Уинтерспун, — там были очень слабые следы этого яда. Согласно результатам моего анализа, шип недавно окунали в яд *Dispholidus Typus,* более известный как бумсланг.

— Бумсланг? Что за бумсланг?

— Зеленая древесная змея.

— И где она водится?

— В Южной Африке. Это одна из самых смертоносных змей в мире. Воздействие ее яда на человеческий организм до сих пор не изучено. Однако вы можете составить представление о его силе, если я скажу вам, что гиена, которой вводят этот яд, гибнет еще до того, как из ее тела извлекают иглу шприца. Шакал умирает, падая, словно сраженный пулей. Яд зеленой древесной змеи вызывает подкожное кровоизлияние и парализует работу сердца.

Репортеры тем временем строчили: *«Поразительная история! Трагедия в воздухе! Змеиный яд, сильнее, чем у кобры!»*

— Вам известны примеры умышленного отравления этим ядом?

— Нет. Это чрезвычайно интересный случай.

— Благодарю вас, мистер Уинтерспун.

Детектив-сержант Уилсон показал, что он нашел духовую трубку за подушкой одного из кресел. Никаких отпечатков пальцев на ней не было. Проведенный эксперимент показал, что прицельный выстрел шипом из нее можно сделать на расстоянии около десяти ярдов.

— Мистер Эркюль Пуаро.

В зале послышалось оживление. Однако показания сыщика отличались сдержанностью. Он не заметил ничего необычного. Да, это он нашел шип на полу салона. Шип располагался таким образом, как будто упал с шеи мертвой женщины под собственной тяжестью.

— Графиня Хорбери.

Репортеры записали: *«Супруга пэра дает показания по делу о загадочной смерти в воздухе»*. Некоторые выразились так: *«...по делу о загадочном отравлении змеиным ядом»*. Те, кто представлял издания для женщин, выразились так: *«На леди Хорбери была модная шляпка с лисьим мехом»*, или *«леди Хорбери, одна из самых элегантных женщин города, была одета в черное и модную шляпку»*, или *«леди Хорбери, которая до замужества звалась мисс Сайсли Блэнд, была чрезвычайно элегантно одета в черное и модную шляпку...»*

Все с удовольствием рассматривали элегантную очаровательную молодую женщину. Ее показания оказались одними из самых коротких. Она ничего не заметила, покойную прежде никогда не видела.

За ней последовала Венеция Керр, которая произвела заметно меньший эффект.

Неутомимые поставщики новостей для женских изданий записали: *«Дочь лорда Коттсмора была одета в хорошо скроенное пальто и модные чулки»*, а также: *«Женщины из высшего общества принимают участие в следствии»*.

— Джеймс Райдер.

— Вы Джеймс Белл Райдер, проживающий по адресу: Блэйнберри-авеню, семнадцать, эн-дабл-ю?

— Да.

— Чем вы занимаетесь?

— Я являюсь управляющим директором «Эллис Вейл семент компани».

— Соблаговолите взглянуть на эту духовую трубку. — Пауза. — Вы видели ее прежде?

— Нет.
— Вы не видели подобный предмет в чьих-либо руках на борту «Прометея»?
— Нет.
— Вы сидели в кресле номер четыре, непосредственно перед покойной?
— И что из этого?
— Пожалуйста, оставьте этот тон. Вы сидели в кресле номер четыре. С этого места вы могли видеть практически всех пассажиров в салоне.
— Нет, не мог. Я не видел людей, сидевших по одну со мной сторону от прохода. У кресел высокие спинки.
— Но если бы кто-то из пассажиров выдвинулся в проход и прицелился из духовой трубки в покойную, вы увидели бы его?
— Несомненно.
— И вы ничего подобного не видели?
— Нет.
— Люди, сидевшие впереди вас, вставали со своих мест?
— Мужчина, сидевший на два кресла впереди меня, однажды отлучался в туалет.
— То есть он удалялся от вас и от покойной?
— Да.
— А он не проходил по салону в вашу сторону?
— Нет, он вернулся на свое место.
— У него в руках было что-нибудь?
— Ничего.

— Вы уверены в этом?

— Абсолютно.

— Кто-то еще вставал с места?

— Мужчина, сидевший впереди. Он прошел мимо меня в заднюю часть салона.

— Я протестую! — взвизгнул мистер Клэнси, вскакивая со своего кресла. — Это было раньше — гораздо раньше — около часу дня.

— Соблаговолите сесть, — сказал ему коронер. — Очень скоро у вас будет возможность высказаться. Продолжайте, мистер Райдер. Вы не заметили какого-либо предмета в руках этого джентльмена?

— Кажется, он держал авторучку. Когда он возвращался, в руке у него была оранжевая книга.

— Он был единственным, кто проходил по салону в вашем направлении? Вы сами вставали с места?

— Да, я ходил в туалет — и у меня тоже не было в руке духовой трубки.

— Вы опять позволяете себе недопустимый тон... Можете идти.

Мистер Норман Гейл на все вопросы дал отрицательные ответы. Наконец его место занял возмущенный мистер Клэнси. Он мало что сообщил следствию — еще меньше, чем супруга пэра. Тем не менее журналисты воодушевились: «*Известный автор детективных романов дает показания! Он сознается в приобретении смертельного оружия! Сен-*

сация в суде!» Но, вероятно, ощущение сенсации было несколько преждевременным.

— Да, сэр, — произнес мистер Клэнси пронзительным голосом, — я действительно приобрел духовую трубку — и более того, принес ее сюда. Я категорически протестую против предположения, будто преступление совершено с помощью моей духовой трубки. Вот она.

Величественным жестом он продемонстрировал духовую трубку.

Репортеры записали: *«В суде появляется вторая духовая трубка».*

Коронер не стал церемониться с мистером Клэнси и заявил ему, что он приглашен сюда для того, чтобы помочь правосудию, а не для того, чтобы опровергать мнимые обвинения в свой адрес. Заданные ему вопросы относительно произошедшего на борту «Прометея» не принесли сколько-нибудь значимых результатов. Мистер Клэнси, как он — излишне многословно — объяснил коронеру, был слишком ошеломлен странностями сервиса французского железнодорожного сообщения и после утомительного двадцатичетырехчасового путешествия ничего вокруг себя не замечал. Все пассажиры салона могли бы обстреливать друг друга дротиками, смазанными змеиным ядом, и он не заметил бы этого.

Мисс Джейн Грей не дала репортерам ни малейшего повода продолжить записи.

За нею последовали два француза. Месье Арман Дюпон показал, что прибыл в Лондон, чтобы прочитать лекцию в Королевском Азиатском обществе. Они с сыном были увлечены беседой и происходящего вокруг почти не замечали. Он обратил внимание на покойную, только когда в салоне поднялась суматоха.

— Вы знали мадам Морисо — или мадам Жизель — в лицо?

— Нет, месье. Я никогда не видел ее прежде.

— Но в Париже она является хорошо известной личностью, разве не так?

Старый месье Дюпон пожал плечами:

— Но не мне. Я вообще в последнее время провожу в Париже не так уж много времени.

— Насколько я понимаю, вы недавно вернулись в Париж с Востока?

— Совершенно верно, месье. Из Персии.

— Вы и ваш сын много путешествовали по местам, где отсутствует цивилизация?

— Прошу прощения?

— Вы путешествовали по отдаленным уголкам мира?

— О да.

— Вам приходилось встречаться с людьми, которые смазывают кончики своих стрел змеиным ядом?

Этот вопрос требовал перевода, и, поняв его суть, месье Дюпон энергично затряс головой.

— Никогда... никогда ни с чем подобным я не сталкивался.

После него суд заслушал его сына, который практически повторил показания отца. Он ничего не заметил. По его мнению, женщина могла умереть от укуса осы, поскольку это насекомое докучало и ему, пока он не убил его.

Дюпоны были последними свидетелями.

Откашлявшись, коронер обратился к жюри присяжных. Это, сказал он, вне всякого сомнения, самое поразительное и невероятное дело, с каким ему когда-либо приходилось иметь дело в суде. В воздухе, в небольшом замкнутом пространстве, убита женщина — вероятность самоубийства или несчастного случая исключалась. Не было никаких сомнений в том, что преступление совершил кто-то из пассажиров заднего салона самолета. То есть убийца находился среди свидетелей, которых они только что заслушали.

Характер убийства был беспримерным по своей дерзости. На виду у десяти — или двенадцати, если считать стюардов — свидетелей убийца поднес к губам духовую трубку, послал роковой дротик в смертоносный полет, и никто этого не видел. Это казалось совершенно невероятным, но факт оставался фактом, который подтверждали обнаруженные дротик, духовая трубка и след укола на шее покойной, явившегося причиной смерти.

В отсутствие других улик, свидетельствовавших против какого-либо конкретного лица, он может лишь просить присяжных вынести вердикт в отношении неизвестного лица. Все присутствующие отрицали знакомство с покойной женщиной. Полиции предстояло выявить возможные связи. В отсутствие мотива преступления он мог лишь посоветовать присяжным вынести тот самый вердикт, о котором только что говорил.

Член жюри присяжных с квадратным лицом и подозрительным взглядом подался вперед, тяжело дыша.

— Могу я задать вопрос, сэр?
— Конечно.
— Вы сказали, что духовая трубка была обнаружена за подушкой одного из кресел. Какого именно кресла?

Коронер сверился со своими записями. Сержант Уилсон приблизился к нему и произнес вполголоса:

— Кресло номер девять. Его занимал Эркюль Пуаро. Осмелюсь заметить, месье Пуаро является известным и уважаемым частным детективом, который неоднократно сотрудничал со Скотленд-Ярдом.

Член жюри присяжных перевел взгляд на месье Эркюля Пуаро, и его квадратное лицо не выразило никакого удовольствия при виде маленького бельгийца с длинными усами. «Нельзя доверять иностранцам, даже если они находятся в хороших отношениях с полицией», — говорили его глаза.

Вслух он сказал:

— Это тот самый месье Пуаро, который обнаружил шип, не так ли?

— Да.

Присяжные удалились. Через пять минут они вернулись, и председатель протянул коронеру лист бумаги.

— Что это?.. — Тот нахмурился. — Ерунда. Я не могу принять такой вердикт.

Спустя несколько минут ему был вручен исправленный вердикт, который гласил: «Мы считаем, что покойная умерла в результате воздействия яда. Свидетельства относительно причастности к ее убийству кого бы то ни было недостаточны».

Глава 5

После следствия

Когда Джейн вышла из зала суда после оглашения вердикта, она увидела, что рядом идет Норман Гейл.

— Интересно, каков был первый вердикт, который так не понравился коронеру? — произнес он.

— Думаю, я могу удовлетворить ваше любопытство, — раздался голос сзади.

Обернувшись, Джейн и Гейл увидели искрящиеся глаза Эркюля Пуаро.

— Согласно этому вердикту, в умышленном убийстве обвинялся я, — сказал маленький бельгиец.

— Не может быть! — воскликнула Джейн.

Пуаро радостно кивнул.

— *Mais oui*. Выходя из зала, я услышал, как один человек говорил другому: «Вот увидите, убийство совершил этот маленький иностранец». Присяжные придерживались того же мнения.

Джейн не знала, что делать — посочувствовать ему или посмеяться. В конце концов она выбрала последнее. Пуаро рассмеялся вместе с ней.

— Да, теперь волей-неволей я должен взяться за это дело — хотя бы для того, чтобы вернуть себе честное имя.

С улыбкой раскланявшись, он отправился восвояси. Джейн и Норман медленно двинулись вслед за его удаляющейся фигурой.

— Все-таки странный человек, — сказал Гейл. — Называет себя детективом... Что-то я сильно сомневаюсь в его способности раскрывать тайны. Любой преступник распознает его за милю. Не представляю, каким образом он смог бы маскироваться.

— По-моему, у вас устаревшие понятия о детективах, — сказала Джейн. — Фальшивые бороды и прочая чепуха остались в далеком прошлом.

Современные детективы сидят в кабинетах и расследуют дела, решая психологические задачи.

— Это отнимает гораздо меньше сил.

— Физических — да. Но для такой работы требуется холодный, ясный ум.

— Понимаю. Болвану такое не под силу.

Они рассмеялись.

Щеки Гейла слегка порозовели, и он сбивчиво заговорил:

— Послушайте... вы не возражаете... я имею в виду... с вашей стороны было бы очень любезно... уже довольно поздно... но не согласились бы вы выпить со мной чаю? Как-никак, мы товарищи по несчастью и...

Он запнулся и подумал про себя: «Что с тобой, идиот? Уже не можешь пригласить девушку на чашку чая, не краснея и не заикаясь? Что девушка подумает о тебе?»

Смущение Гейла лишь подчеркивало хладнокровность и самообладание Джейн.

— Благодарю вас, — сказала она. — Я с удовольствием выпила бы чаю.

Они нашли кафе, и надменная официантка с мрачным видом приняла у них заказ. На ее лице было написано сомнение, словно она хотела сказать: «Не вините меня, если вас постигнет разочарование. *Говорят,* будто мы подаем здесь чай, но я никогда не слышала об этом».

В кафе было практически пусто, что создавало атмосферу интимности. Джейн сняла перчатки и бросила взгляд на своего спутника, сидевшего напротив. Он был весьма привлекателен — голубые глаза, обаятельная улыбка — и очень мил.

— Вся эта история с убийством напоминает некое причудливое шоу, — сказал Гейл, спеша завязать разговор, поскольку все никак не мог окончательно избавиться от своего смущения.

— Наверное, — согласилась Джейн. — Меня не покидает чувство тревоги — я имею в виду из-за моей работы. Не знаю, как они воспримут это.

— Да? А что такое?

— Антуану может не понравиться, что работающая у него девушка оказалась замешанной в дело об убийстве, была вынуждена давать показания в суде и тому подобное.

— Странные люди, — задумчиво произнес Гейл. — Жизнь так несправедлива... Вы же ни в чем не виноваты... — Он нахмурился. — Это черт знает что!

— Ну, пока еще ничего не случилось, — заметила Джейн. — В конце концов, в этом есть определенный смысл — ведь я, как и любой другой пассажир салона, могу оказаться убийцей! А кому приятно делать прическу у помощницы парикмахера, подозреваемой в таком страшном преступлении?

— Да стоит лишь взглянуть на вас, чтобы понять, что вы не способны на убийство! — воскликнул Норман, глядя на нее с искренним восхищением.

— Я в этом не столь уверена, — возразила Джейн. — Иногда мне хочется убить кое-кого из моих клиенток. И я бы сделала это, будь у меня уверенность в том, что мне удастся остаться безнаказанной! Особую ненависть у меня вызывает одна — вечно всем недовольна и постоянно ворчит своим противным скрипучим голосом... Я действительно считаю, что ее убийство было бы благим делом, а вовсе не преступлением. Так что, видите, я вполне подхожу на роль убийцы.

— Во всяком случае, данное убийство — не ваших рук дело, — сказал Гейл. — Могу поклясться в этом.

— А я могу поклясться, что и вы непричастны к нему, — отозвалась Джейн. — Только это вряд ли поможет вам, если ваши пациенты решат иначе.

— Мои пациенты, да... — На лице Гейла появилось задумчивое выражение. — Пожалуй, вы правы. Я об этом не подумал. Стоматолог, который, возможно, является маньяком... Не очень заманчивая перспектива.

Немного помолчав, он, словно под воздействием какого-то импульса, вдруг спросил:

— Вы ничего не имеете против того, что я стоматолог?

Брови Джейн взметнулись вверх.

— Почему я должна иметь что-то против?

— Я хочу сказать, люди всегда находят в этой профессии нечто... *комическое*. Нет, мол, в ней романтики. Врачей других специальностей воспринимают более серьезно.

— Бросьте, — сказала Джейн. — Быть стоматологом куда почетнее, чем помощницей парикмахера.

Они рассмеялись.

— Чувствую, мы с вами станем друзьями, — сказал Гейл. — А вы как думаете?

— Мне тоже так кажется.

— Может быть, вы поужинаете как-нибудь со мной? А потом мы можем сходить куда-нибудь...

— Благодарю вас.

Последовала небольшая пауза.

— Как вам понравилось в Ле-Пине?

— Веселое местечко.

— Прежде вы там бывали?

— Нет. Видите ли...

Неожиданно для самой себя Джейн рассказала историю о своем выигрыше. Они сошлись во мнении относительно желательности подобных лотерей и выразили сожаление по поводу некомпетентности английского правительства.

Их беседу прервал молодой человек в коричневом костюме, который бесцельно слонялся по залу уже несколько минут, прежде чем они заметили его. Увидев, что они обратили на него внимание, он приподнял шляпу и уверенным, бойким тоном обратился к Джейн:

— Мисс Джейн Грей?

— Да.

— Я представляю «Уикли хаул» и хочу спросить вас, не согласились бы вы написать короткую статью об этом деле — «Убийство в воздухе»? С точки зрения одного из пассажиров.

— Благодарю вас, но я вынуждена отказаться от вашего предложения.

— Подумайте, мисс Грей. Мы хорошо заплатим вам.

— Сколько? — спросила Джейн.

— Пятьдесят фунтов — может быть, даже больше. Скажем, шестьдесят.

— Нет, — отказалась Джейн. — Я не смогу, поскольку не знаю, что писать.

— Ничего страшного, — не отставал молодой человек. — Вам не придется *писать* самой. Один из наших сотрудников задаст вам несколько вопросов и напишет статью за вас. Вам это не доставит ни малейшего беспокойства.

— Все равно. Я не могу дать вам свое согласие.

— А как насчет ста фунтов? Послушайте, я действительно добьюсь, чтобы вам заплатили сто фунтов. Кроме того, мы сопроводим статью вашей фотографией.

— Нет, — сказала Джейн. — Мне эта идея не нравится.

— Вы уберетесь наконец? — вмешался Норман Гейл. — Мисс Грей не желает, чтобы ее беспокоили.

Молодой человек с надеждой повернулся в его сторону.

— Мистер Гейл, не так ли? — спросил он. — Послушайте, мистер Гейл, если мисс Грей отказывается от моего предложения, может быть, вы согласитесь? Всего пятьсот слов, и мы заплатим вам столько же, сколько я предлагал мисс Грей, а это очень хорошая сумма. Видите ли, рассказ одной женщины об убийстве другой представляет бо́льшую ценность... Я даю вам хорошую возможность заработать.

— Мне не нужны ваши деньги. Я не напишу для вас ни строчки.

— Помимо денег эта статья принесет вам известность. Она поспособствует росту вашей профессиональной карьеры — все ваши пациенты прочтут ее.

— Именно этого я и боюсь больше всего, — сказал Норман Гейл.

— Но в наши дни без рекламы обойтись нельзя.

— Возможно. Все зависит от того, какого рода эта реклама. Надеюсь, кто-нибудь из моих пациентов не читает газет и останется в неведении относительно того, что я замешан в деле об убийстве... Ну вот, теперь вы получили ответ на ваше предложение от нас обоих. Сами уйдете или вас вышвырнуть отсюда?

— Напрасно вы так нервничаете, — невозмутимо произнес молодой человек. — Приятного вам вечера, и, если передумаете, позвоните мне в офис. Вот моя визитная карточка.

Бодрым шагом он вышел из кафе, думая про себя: «Неплохо. Получилось вполне приличное интервью».

И действительно, в следующем номере «Уикли хаул» появилась статья, в которой приводились высказывания двух свидетелей по делу о загадочном убийстве в воздухе. Мисс Джейн Грей заявила, что она слишком расстроена и не может говорить о случившемся. Она пережила страшный шок и не хочет вспоминать об этом. Мистер Норман Гейл долго распространялся по поводу того, какое негативное влияние оказывает на профессиональную карьеру причастность к уголовному делу, даже если вы и невиновны. Он в шутку выразил надежду на то, что многие его пациенты читают только колонки о модах и не будут подозревать худшее, садясь для тяжелого испытания в его стоматологическое кресло.

— Интересно, — сказала Джейн, когда молодой человек удалился, — почему он не обращается к более значимым людям?

— Вероятно, предоставляет делать это своим более опытным коллегам, — мрачно произнес

Гейл. — А может быть, он попытался и потерпел неудачу...

Минуту или две он молчал, нахмурившись, затем сказал:

— Джейн — надеюсь, вы разрешите мне называть вас так, — кто, по вашему мнению, убил эту мадам Жизель?

— Не имею ни малейшего представления.

— А вы думали об этом всерьез?

— Пожалуй, нет. Я думала о своей роли в этой истории, и меня одолевало беспокойство. А о том, кто это мог сделать, всерьез я не думала. Говоря откровенно, до сегодняшнего дня я не осознавала, что убийца находится среди пассажиров нашего салона.

— Да, коронер высказался на этот счет вполне определенно. Я знаю, что не делал этого и что вы не делали этого тоже, поскольку бо́льшую часть времени наблюдал за вами.

— И я знаю, что вы не делали этого, — сказала Джейн. — По той же самой причине. И конечно, знаю, что сама не делала этого! Стало быть, это сделал кто-то другой. Только неизвестно, кто именно. У вас нет никаких предположений?

— Абсолютно никаких.

Норман Гейл погрузился в размышления. Казалось, он решал какую-то сложную задачу.

— Я не представляю, как это можно выяснить, — продолжала Джейн. — А вы?

Гейл покачал головой:

— Я тоже.

— Вот это-то и странно. Разумеется, вы ничего не видели, поскольку сидели лицом в другую сторону. Но я со своего места могла бы заметить...

Джейн запнулась, и ее щеки зарделись румянцем. Она вспомнила, что бо́льшую часть времени ее взгляд был прикован к синему пуловеру, поскольку ее очень занимала личность его обладателя, тогда как происходящее вокруг не вызывало у нее никакого интереса.

Тем временем Норман Гейл думал: «Интересно, почему она покраснела... Она прекрасна... Я женюсь на ней... Да, женюсь... Но не следует заглядывать слишком далеко вперед. Нужно придумать какой-нибудь убедительный предлог, чтобы часто видеться с нею. Эта история с убийством вполне могла бы подойти... Кроме того, можно было бы что-нибудь сделать — этот молокосос-репортер с его рекламой...»

— Давайте поразмыслим над этим, — произнес он вслух. — Кто убил ее? Рассмотрим все возможные кандидатуры на эту роль. Стюарды?

— Нет, — сказала Джейн.

— Согласен. Женщина, сидевшая напротив нас?

— Вряд ли леди Хорбери стала бы кого-то убивать. Как и мисс Керр. Я в этом уверена.

— Очень может быть, Джейн. Далее, этот маленький усатый бельгиец. Но он, согласно вердикту жюри, является главным подозреваемым — следовательно, скорее всего, невиновен... Доктор? Тоже маловероятно.

— Если б он хотел убить ее, то наверняка использовал бы не столь демонстративный способ, а прибег к средству, не оставляющему следов, и никто никогда ничего не узнал бы.

— Да-а, — с сомнением протянул Норман. — Сегодня много говорят о ядах без вкуса и запаха, но, если откровенно, я сомневаюсь в их реальном существовании. А как насчет владельца духовой трубки?

— Это довольно подозрительно. Но он производит приятное впечатление, к тому же никто не заставлял его рассказывать про свою духовую трубку — так что с ним, похоже, всё в порядке.

— Затем этот Джеймсон... нет... как его... Райдер?

— Да, это вполне мог сделать он.

— А двое французов?

— Это самые вероятные кандидаты. Они ездили по экзотическим местам. И у них могла быть причина, неизвестная нам. Мне показалось, сын был чем-то встревожен.

— Думаю, вы тоже были бы встревожены, если б совершили убийство, — мрачно произнес Норман Гейл.

— Впрочем, он производит приятное впечатление, — сказала Джейн. — Как и его отец. Надеюсь, это не они.

— Не очень-то быстро мы продвигаемся в нашем расследовании, — заметил Норман Гейл.

— А как мы вообще можем прийти к какому-то выводу, ничего толком не зная об убитой женщине? Были ли у нее враги, кто наследует ее деньги и тому подобное...

— Вы считаете, мы занимаемся досужими домыслами? — задумчиво спросил Гейл.

— А разве нет? — холодно парировала Джейн.

— Не совсем.

Немного поколебавшись, Норман продолжил, тщательно подбирая слова:

— Мне кажется, было бы полезным...

Джейн вопросительно взглянула на него.

Поймав этот взгляд, Гейл вновь на несколько секунд замолчал.

— Видите ли, — пояснил он, — убийство касается не только жертвы и убийцы. Оно затрагивает и невиновных. Мы с вами невиновны, но тень убийства пала на нас. Неизвестно, как эта тень повлияет на наши судьбы.

Несмотря на свойственный ей здравый смысл, по телу Джейн пробежала дрожь.

— Ваши слова вызывают у меня страх, — сказала она.

— Я сам немного боюсь.

Глава 6

КОНСУЛЬТАЦИЯ

Инспектор Джепп встретил Эркюля Пуаро широкой ухмылкой.

— Привет, дружище, — сказал он. — Ну что, вас чуть не посадили в камеру предварительного заключения?

— Боюсь, подобное происшествие могло бы повредить моей профессиональной репутации, — мрачно произнес Пуаро.

— Иногда детективы становятся преступниками — по крайней мере, в книгах... — Инспектор продолжал ухмыляться.

В этот момент к ним приблизился высокий худой мужчина с интеллигентным меланхоличным лицом.

— *Мусье* Фурнье из французской сыскной полиции, — представил его Джепп. — Он приехал, чтобы принять участие в расследовании этого дела.

— Кажется, я уже имел удовольствие встречаться с вами несколько лет назад, месье Пуаро, — сказал Фурнье, с поклоном пожимая ему руку. — Кроме того, я слышал о вас от месье Жиро[1].

---

[1] Французский полицейский инспектор из романа А. Кристи «Убийство на поле для гольфа».

На его губах играла едва заметная улыбка. И Пуаро, хорошо представлявший, в каких выражениях Жиро (которого он сам пренебрежительно именовал «человеком-гончей») отзывался о нем, позволил себе сдержанно улыбнуться в ответ.

— Приглашаю вас, джентльмены, отобедать у меня, — сказал Пуаро. — Я уже пригласил мэтра Тибо. То есть если, конечно, вы и мой друг Джепп не возражаете против моего сотрудничества с вами.

— Всё в порядке, приятель, — бодрым голосом произнес Джепп, дружески хлопнув его по спине. — Разумеется, вы в деле.

— Действительно, для нас это большая честь, — пробормотал француз.

— Видите ли — как я только что сказал одной очаровательной леди, — мне необходимо восстановить мое доброе имя.

— Вы определенно не понравились присяжным, — согласился Джепп все с той же ухмылкой. — Давно не слышал таких смешных шуток.

В соответствии с общей договоренностью за превосходным обедом, который дал своим друзьям маленький бельгиец, о деле не было сказано ни слова.

— Оказывается, и в Англии можно хорошо поесть, — вполголоса произнес Фурнье, деликатно пользуясь зубочисткой.

— Восхитительный стол, месье Пуаро, — сказал Тибо.

— Слегка на французский манер, — заметил Джепп.

— Пища не должна отягощать желудок, поскольку вместе с этим она парализует процесс мышления, — произнес Пуаро назидательным тоном.

— Не сказал бы, что желудок доставляет мне особые проблемы, — сказал Джепп. — Но не буду спорить. Давайте перейдем к делу. Я знаю, что у *мусье* Тибо сегодня вечером встреча, и поэтому предлагаю сейчас проконсультироваться у него по всем вопросам, представляющим интерес.

— К вашим услугам, джентльмены. Естественно, здесь я могу говорить более свободно, чем в зале коронерского суда. Мы уже вкратце переговорили с инспектором Джеппом перед следствием, и он сказал, что следует проявлять сдержанность — только голые факты.

— Совершенно верно, — подтвердил Джепп. — Никакой преждевременной огласки. А теперь расскажите нам все, что вам известно об этой мадам Жизель.

— Сказать по правде, знаю я о ней очень немногое. Только то, что о ней знает мир — как о публичной личности. О ее частной жизни известно очень мало. Вероятно, месье Фурнье сможет рассказать вам больше, нежели я. Но я скажу вам следующее: мадам Жизель была «личностью» в полном смысле этого слова. Уникальная женщина. Ее происхождение скрыто под завесой тайны.

Подозреваю, что в молодости она отличалась привлекательностью, но впоследствии оспа обезобразила ее лицо. У меня сложилось впечатление, что эта женщина наслаждалась властью. Она обладала деловой хваткой и принадлежала к тому типу практичных француженок, которые никогда не позволяют чувствам брать верх над деловыми интересами. Но при этом пользовалась репутацией безупречно честного, порядочного человека.

Он взглянул на Фурнье, словно ища у него подтверждение своим словам. Тот кивнул все с тем же меланхоличным выражением лица.

— Да, — сказал француз, — она была честной. Тем не менее закон мог бы привлечь ее к ответственности, если б имелись соответствующие свидетельства. — Он сокрушенно пожал плечами. — Такова уж человеческая природа, и с этим ничего не поделаешь.

— Что вы имеете в виду?
— Шантаж.
— Шантаж? — эхом отозвался Джепп.
— Да, шантаж особого рода. Мадам Жизель имела обыкновение ссужать деньги в обмен на так называемый «простой вексель». Она по собственному усмотрению определяла размер ссужаемой суммы и условия возвращения долга. Могу вам сказать, что у нее были собственные методы взимания денег.

Пуаро с заинтересованным видом подался вперед.

— Как сегодня сказал мэтр Тибо, клиентура мадам Жизель принадлежала к высшим слоям общества. Представители этих слоев особенно уязвимы по отношению к общественному мнению. Мадам Жизель располагала собственной разведывательной службой... Обычно, когда к ней обращались за крупной суммой, она собирала о потенциальном клиенте всю возможную информацию. Ее разведывательная служба действовала чрезвычайно эффективно. Я могу повторить то, что уже сказал наш друг: мадам Жизель отличалась безупречной честностью. Она хранила верность тем, кто хранил верность ей. Я искренне убежден в том, что она использовала добытую ею секретную информацию только для возврата своих денег, но не для вымогательства чужих.

— Вы хотите сказать, что эта секретная информация служила ей гарантией возврата долга? — спросил Пуаро.

— Совершенно верно. Причем, используя ее, она проявляла абсолютную безжалостность, оставаясь глухой к проявлению каких бы то ни было чувств. И я скажу вам: *ее система работала!* Списывать безнадежные долги ей приходилось крайне редко. Человек, занимающий видное положение в обществе, обычно идет на все, чтобы достать деньги во избежание публичного скандала. Мы знали о ее деятельности, но что касается судебного преследования... — Он пожал плечами. — Это сложный вопрос.

— А что происходило после того, как ей приходилось списывать безнадежный долг? — спросил Пуаро.

— В этом случае, — медленно произнес Фурнье, — собранная ею информация публиковалась или сообщалась заинтересованному лицу.

Последовала короткая пауза.

— Это не приносило ей финансовую выгоду? — спросил Пуаро.

— Нет, — ответил Фурнье. — То есть не приносило непосредственную выгоду.

— А косвенную?

— Огромную, — вмешался в разговор Джепп. — Это побуждало других возвращать ей долги.

— Абсолютно точно, — подтвердил Фурнье. — Такая мера обладала огромным моральным эффектом.

— Я назвал бы это аморальным эффектом, — сказал Джепп, задумчиво почесывая нос. — Ну что же, мотив убийства представляется вполне очевидным. Возникает вопрос: кто получит по наследству ее деньги? — Он повернулся к Тибо. — Вы сможете помочь нам выяснить это?

— У нее была дочь, — ответил адвокат. — Она не жила с матерью, и я думаю, что мать видела ее только в младенческом возрасте. Тем не менее в завещании, составленном много лет назад, мадам Жизель оставляла все — за исключением небольшого наследства, отписанного горничной, — своей дочери, Анни Морисо. Насколько мне известно, других завещаний она не составляла.

— Велико ли ее состояние? — спросил Пуаро.

Адвокат пожал плечами:

— По очень приблизительным оценкам, восемь-девять миллионов франков.

Пуаро присвистнул.

— Боже! — воскликнул Джепп. — Кто бы мог подумать!.. Так, секунду, сколько это будет в фунтах? Больше ста тысяч... Вот это да!

— Мадемуазель Анни Морисо станет очень богатой женщиной, — сказал Пуаро.

— Ее не было на борту самолета, — сухо произнес Джепп, — и поэтому она не может подозреваться в убийстве своей матери с целью завладения деньгами. Сколько ей лет?

— Точно не могу сказать. Лет двадцать пять.

— Судя по всему, какие-либо свидетельства ее причастности к преступлению отсутствуют. Вернемся к шантажу. Все пассажиры заднего салона самолета отрицали свое знакомство с мадам Жизель. Один из них лжет. Мы должны выяснить, кто это. Изучение ее личных бумаг могло бы нам в этом помочь, а, Фурнье?

— Друг мой, — сказал француз, — едва получив по телефону известие из Скотленд-Ярда, я тут же отправился к ней домой. Все бумаги, хранившиеся в ее сейфе, были сожжены.

— Сожжены? Кем? Зачем?

— Горничная мадам Жизель, Элиза, являлась ее доверенным лицом. Она имела инструкцию: сжечь хранящиеся в сейфе бумаги, если с хозяйкой что-то случится. Код замка она знала.

— Вот так история! — Изумлению Джеппа не было предела.

— Видите ли, — сказал Фурнье, — у мадам Жизель был свой моральный кодекс. Она хранила верность тем, кто хранил верность ей. Всегда обещала своим клиентам вести с ними дела честно. Будучи безжалостной, она тем не менее была человеком слова.

Джепп безмолвно покачал головой. Некоторое время четверо мужчин молчали, размышляя об этой странной покойнице.

Наконец мэтр Тибо поднялся с кресла.

— Я вынужден покинуть вас, джентльмены. У меня назначена встреча. Если вам потребуется какая-то дополнительная информация, которой я располагаю, у вас есть мой адрес.

Обменявшись с присутствующими церемонными рукопожатиями, он удалился.

Глава 7

ВЕРОЯТНОСТИ И ВОЗМОЖНОСТИ

После ухода мэтра Тибо остальные придвинулись чуть ближе к столу.

— Итак, — сказал Джепп, — приступим к делу.

Он снял колпачок с авторучки.

— На борту самолета — в заднем салоне — находились одиннадцать пассажиров и два стюарда. Итого тринадцать человек. *Следовательно, старуху убил один из двенадцати человек.* Среди них были англичане и французы. Последних я передаю на попечение *мусье* Фурнье, а сам буду заниматься англичанами. Так что, Фурнье, вам нужно будет навести справки в Париже.

— И не только в Париже, — сказал Фурнье. — Летом мадам Жизель проводила много сделок на французских курортах — в Довиле, Ле-Пине, Вимрё. Ездила она и на юг — в Антиб, Ниццу и другие подобные места.

— Помнится, кто-то из пассажиров «Прометея» упоминал Ле-Пине. Это важный момент... Ну а теперь мы должны заняться самим убийством и выяснить, кто мог использовать эту духовую трубку. — Инспектор развернул большой, свернутый рулоном лист с планом салона самолета и разложил его в центре стола. — Проведем подготовительную работу. Для начала рассмотрим по очереди всех подозреваемых и выясним, насколько вероятна и — что еще более важно — возможна их причастность к убийству. Для начала мы должны исключить из списка подозреваемых *мусье* Пуаро. Таким образом, их число сокращается до одиннадцати человек...

Пуаро с грустью покачал головой:

— Вы слишком доверчивы, мой друг. Доверять не следует никому — никому вообще.

— Ладно, оставим вас в списке подозреваемых, если вы настаиваете, — произнес Джепп с добродушной улыбкой. — Итак, стюарды. На мой взгляд, вероятность причастности каждого из них крайне мала. Вряд ли они брали крупные займы, к тому же каждый из них имеет хорошие характеристики — порядочные, серьезные, рассудительные служащие. Я бы очень удивился, если б оказалось, что кто-то из них имеет хоть какое-то отношение к этому. С другой стороны, с точки зрения возможности мы должны включить их в список. Они ходили по салону взад и вперед и имели возможность занять позицию, из которой можно поразить цель — под тем самым углом, — хотя мне не верится, что стюард мог выстрелить из духовой трубки отравленным дротиком в салоне, полном людей, и никто этого не заметил. По опыту я знаю, что большинство людей слепы, как летучие мыши, и никогда ничего не замечают — но не до такой же степени! Конечно, в определенном смысле это относится ко всем без исключения. Это безумие, абсолютное безумие — совершать убийство подобным способом! Один шанс из ста, что оно останется незамеченным. Тому, кто сделал это, чертовски повезло. Из всех возможных способов...

Пуаро, до сих пор сидевший понурив голову, с сигаретой в руке, перебил его:

— Вы считаете этот способ убийства безрассудным?

— Разумеется. Это полное безумие.

— Однако он оказался весьма *успешным*. Мы сидим здесь втроем и рассуждаем об этом убийстве, но не знаем, *кто совершил его!* Это полный успех!

— Чистое везение, — возразил Джепп. — Убийцу должны были заметить пять или шесть раз.

Пуаро покачал с недовольным видом головой. Фурнье с любопытством посмотрел на него.

— О чем вы думаете, месье Пуаро?

— *Mon ami*, — ответил сыщик, — я придерживаюсь такого мнения: о любом деле нужно судить по результатам. Данное дело было осуществлено успешно.

— И все же, — задумчиво произнес француз, — это похоже на чудо.

— Чудо это или нет, но оно свершилось, — возразил Джепп. — У нас имеется медицинское заключение, у нас имеется орудие убийства, и, если б неделю назад кто-нибудь сказал, что мне предстоит расследовать убийство женщины, погибшей от отравленного ядом дротика, я рассмеялся бы ему в лицо! Это убийство — самое настоящее оскорбление.

Он тяжело вздохнул. Пуаро взглянул на него с улыбкой.

— По всей вероятности, убийца обладает извращенным чувством юмора, — задумчиво произнес Фурнье. — Самое важное в расследовании преступления — понять психологию преступника.

При слове «психология», которое он не любил и которому не доверял, Джепп чуть слышно фыркнул.

— Это *мусье* Пуаро любит слушать разговоры на подобные темы, — заметил он.

— Мне очень интересно слушать вас обоих.

— Надеюсь, вы не сомневаетесь в том, что женщина была убита именно этим способом?

Джепп посмотрел на него с подозрением.

— Мне хорошо известна изворотливость вашего ума.

— Нет-нет, мой друг, в данном случае я мыслю вполне прямолинейно. Причиной смерти послужил найденный мною отравленный дротик — в этом сомнений нет. Однако в этом деле есть моменты...

Он замолчал и озадаченно покачал головой.

— Ладно, вернемся к нашим баранам, — сказал Джепп. — Стюардов полностью исключать нельзя, но лично я считаю крайне маловероятным то, что они имеют к этому какое-либо отношение. Вы согласны, *мусье* Пуаро?

— Я уже сказал, что не стал бы исключать никого — на этой стадии.

— Дело ваше. Перейдем к пассажирам. Давайте начнем со стороны буфета и туалетов. Кресло номер шестнадцать. — Он ткнул карандашом в план салона. — Девушка-парикмахер Джейн Грей. Выиграла билет в лотерее «Айриш свип» и ездила в Ле-Пине. Это означает, что она является любительницей азартных игр. Возможно, проигралась и заняла у старой дамы деньги. Хотя весьма сомнительно, что девушка могла занять крупную сумму, а мадам Жизель могла иметь на нее «компромат». Слишком мелкая рыбешка. И я не думаю, что помощница парикмахера имела возможность раздобыть змеиный яд. Насколько мне известно, они не используют его при приготовлении краски и для массажа лица... В каком-то смысле использование змеиного яда было ошибкой со стороны преступника. Это значительно сужает сферу его поиска. Всего пара человек из ста обладает знаниями о змеином яде и имеет возможность раздобыть его.

— Что делает абсолютно очевидной одну вещь, — вставил Пуаро.

Фурнье бросил на него вопросительный взгляд, но Джепп, увлеченный своими мыслями вслух, продолжал:

— Я считаю, убийца принадлежит к одной из двух категорий. Либо это человек, много путешествовавший по затерянным уголкам мира — человек, разбирающийся в змеях, знающий наиболее смертоносные их виды и знакомый с обычаями туземцев, которые убивали с помощью змеиного яда своих врагов... вот первая категория.

— А вторая?

— Ученые. Исследователи. Кто-то из них проводил эксперименты с ядом бумсланга в лаборатории. Я имел беседу с Уинтерспуном. Змеиный яд — точнее, яд кобры — иногда, с некоторым успехом, используется при лечении эпилепсии. В настоящее время в этой области проводятся интенсивные исследования.

— Это очень интересно, — заметил Фурнье. — И наводит на размышления.

— Да. Но давайте продолжим. Джейн Грей не подходит ни к одной из этих категорий. Мотив сомнителен, шансы достать яд ничтожны, возможность выстрелить из духовой трубки практически отсутствует... Смотрите.

Три головы склонились над планом.

— Вот кресло номер шестнадцать, — сказал Джепп. — А вот кресло номер два, в котором сидела мадам Жизель. Если девушка не вставала со своего кресла — а все утверждают, что она не вставала, — она не смогла бы прицелиться и попасть шипом в шею жертвы сбоку. Я думаю, мы можем со спокойной совестью признать, что она не имеет отношения к убийству. Теперь перейдем к креслу номер двенадцать, расположенному напротив. Его занимал стоматолог Норман Гейл. Очень многое из того, что было сказано в отношении Джейн Грей, относится и к нему. Мелкая сошка. Разве что у него несколько больше шансов добыть змеиный яд.

— Стоматологи впрыскивают своим пациентам отнюдь не змеиный яд, — пробормотал Пуаро. — Иначе это было бы убийство, а не лечение.

— Стоматологи любят поиздеваться над своими пациентами, — сказал с ухмылкой Джепп. — Как бы то ни было, я считаю, что он вхож в круги, где имеется доступ к экзотическим фармакологическим средствам. Он может иметь друга-ученого. Но что касается *возможности,* она у него начисто отсутствовала. Да, он поднимался с места, но только для того, чтобы сходить в туалет, то есть передвигался в противоположную сторону. Возвращаясь, он не проходил дальше своего кресла, а выпущенный с этой позиции дротик, чтобы попасть в шею старой леди, должен был бы в определенной точке совершить поворот под прямым углом.

— Согласен, — сказал Фурнье. — Давайте продолжим.

— Ладно. Пересечем проход и перейдем к креслу номер семнадцать.

— Первоначально это было мое место, — заметил Пуаро. — Я уступил его одной леди, поскольку та хотела сидеть рядом со своей подругой.

— Это достопочтенная Венеция... Как насчет нее? Крупная фигура. Она могла занять деньги у мадам Жизель. Не похоже, чтобы в ее жизни были какие-то постыдные тайны — разве что мелкие грешки. Мы должны уделить ей определенное внимание. Ее положение давало ей *возможность.* Если б мадам Жизель повернула голову, выглядывая в окно, достопочтенная Венеция могла бы произвести выстрел по диагонали салона. Впрочем, чтобы он попал в цель, ей должна была сопутствовать удача. К тому же, как мне кажется, ей пришлось бы подняться на ноги. Она, конечно, ездит осенью на охоту. Но если человек хорошо стреляет из ружья, поможет ли ему это при стрельбе из духовой трубки? Я думаю, независимо от того, из чего стреляешь, результат зависит от глазомера — глазомера и практики. И у нее, вероятно, есть друзья-мужчины, охотящиеся на крупную дичь в разных уголках планеты, у которых она могла раздобыть эту трубку... Полный бред! Абсолютная бессмыслица!

— В самом деле, это представляется невероятным, — сказал Фурнье. — Мадемуазель Керр — я видел ее сегодня в зале суда... — Он покачал головой. — Она и убийство просто несовместимы.

— Кресло номер тринадцать, — продолжал Джепп. — Леди Хорбери. Довольно темная лошадка. Мне кое-что известно о ней — позже я расскажу вам. Я не удивлюсь, если у нее имеются постыдные тайны.

— Я случайно узнал, что эта леди здорово проигралась в баккара в Ле-Пине, — сказал Фурнье.

— Эта информация очень кстати... Да, она вполне могла связаться с мадам Жизель.

— Совершенно с вами согласен.

— Очень хорошо. *Но как она сделала это?* Если вы помните, она не покидала своего места. Для того чтобы выстрелить из трубки, ей пришлось бы залезть коленями на кресло и перегнуться через его спинку — на глазах у десяти человек... Черт возьми! Давайте продолжим.

— Кресла номер девять и десять, — сказал Фурнье, сдвинув палец на плане.

— Месье Эркюль Пуаро и доктор Брайант, — прокомментировал Джепп. — Что может сказать месье Пуаро?

Маленький бельгиец грустно покачал головой.

— Мой желудок, — жалобно произнес он. — Увы, мозг находится в услужении у желудка.

— У меня та же проблема, — посочувствовал Фурнье. — В воздухе я чувствую себя не лучшим образом. — Закрыв глаза, он выразительно покачал головой.

— Итак, доктор Брайант. Что мы можем сказать о нем? Большая шишка на Харли-стрит. Едва ли он стал бы обращаться к французской ростовщице за ссудой. Но кто знает... Если он занимался темными делишками и они всплыли бы на поверхность, ему пришел бы конец! В этом-то и заключается моя научная версия. Человек вроде доктора Брайанта наверняка общается с учеными, проводящими исследования в области медицины. Ему не составило бы никакого труда умыкнуть пробирку со змеиным ядом в какой-нибудь лаборатории.

— Они следят за такими вещами, друг мой, — возразил Пуаро. — Это далеко не то же самое, что сорвать лютик на лугу.

— Даже если они и следят, ловкий, сообразительный человек всегда может подменить пробирку. Тем более что Брайант наверняка выше всяких подозрений.

— В ваших словах есть логика, — согласился Фурнье.

— Непонятно только, почему он сам привлек внимание к этой штуке? Почему он не сказал, что женщина умерла естественной смертью — от сердечного приступа?

Пуаро кашлянул. Джепп и Фурнье вопросительно посмотрели на него.

— Я полагаю, — сказал он, — таково было первое впечатление доктора. В конце концов, это действительно выглядело как естественная смерть, которая, возможно, наступила вследствие укуса осы. Помните, там была оса?

— Разве ее забудешь? — сказал Джепп. — Вы же постоянно напоминаете о ней.

— Однако, — продолжал Пуаро, — я случайно заметил на полу дротик и поднял его. Как только мы нашли его, стало ясно, что речь идет об убийстве.

— Этот дротик рано или поздно обязательно нашелся бы.

Сыщик покачал головой:

— Убийца вполне мог незаметно подобрать его.

— Брайант?

— Брайант или убийца.

— Хм, довольно рискованно...

На лице Фурнье отразилось сомнение.

— Вы думаете так сейчас, поскольку знаете, что произошло убийство, — сказал он. — Но если женщина внезапно умирает от сердечного приступа, кто обратит внимание на человека, уронившего платок на пол и поднявшего его?

— В самом деле, — согласился Джепп. — Я считаю Брайанта одним из главных подозреваемых. Он мог, сидя в кресле, повернуть голову, выглянуть из-за спинки и произвести выстрел из трубки — опять же по диагонали салона... Однако больше не будем об этом. Кто бы ни произвел выстрел, он остался незамеченным!

— И я полагаю, этому должна быть причина, — сказал Фурнье. — Причина, которая — насколько я понял из того, что услышал здесь, — так импонирует месье Пуаро. Я имею в виду психологическую причину.

— Продолжайте, мой друг, — отозвался маленький бельгиец. — То, что вы говорите, очень интересно.

— Предположим, — продолжал Фурнье, — вы едете в поезде и проезжаете мимо дома, объятого пламенем. Все ваши попутчики льнут к окнам. В этот момент вы можете достать кинжал, заколоть человека, и никто этого не заметит.

— Да, действительно, — согласился Пуаро. — Помню один случай, связанный с отравлением, в котором присутствовал этот самый психологический момент[1]. Если бы мы выяснили, что во время полета «Прометея» был такой момент...

— Нужно опросить стюардов и пассажиров, — предложил Джепп.

— Да. И если такой психологический момент был, согласно логике, его создал убийца.

— Абсолютно точно, — согласился француз.

— Ладно. Будем задавать соответствующие вопросы, — сказал Джепп. — Перейдем к креслу номер восемь — Дэниел Майкл Клэнси. — Инспектор произнес это имя с видимым удовольствием. — На мой взгляд, это наиболее вероятная кандидатура на роль убийцы. Что может быть проще для автора детективов, чем проникнуться интересом к змеиным ядам и попросить какого-нибудь ничего не подозревающего ученого-химика приготовить нужный ему состав? Не забывайте, что он заходил за кресло Жизель — единственный из всех пассажиров.

— Уверяю вас, друг мой, — сказал Пуаро, — я этого не забыл.

— Он мог выстрелить из этой духовой трубки с довольно близкого расстояния — без всякого «психологического момента», как вы это называете. И при этом у него были очень неплохие шансы остаться безнаказанным. Вспомните, он говорил, что знает о духовых трубках все. А по поводу трубки,

---

[1] Речь идет о преступлении, описанном в романе А. Кристи «Трагедия в трех актах».

предъявленной им сегодня, — кто может утверждать, что это та самая, которую он приобрел два года назад? Все это мне кажется подозрительным. Как может нормальный человек постоянно размышлять о преступлениях и изучать уголовные дела? У него неизбежно созревают в голове всевозможные идеи.

— У писателя должны созревать в голове идеи, — возразил Пуаро.

Джепп вновь склонился над планом заднего салона самолета.

— Кресло номер четыре, расположенное впереди кресла покойницы, занимал мистер Райдер. Не думаю, что это его рук дело. Но мы не можем исключить его из списка подозреваемых. Он ходил в туалет и мог на обратном пути произвести выстрел со сравнительно близкой дистанции. Правда, это произошло бы на глазах у отца и сына археологов. Они бы заметили это — не могли бы не заметить.

Пуаро задумчиво покачал головой.

— Вероятно, у вас не так много знакомых археологов. Если эти двое обсуждали какую-нибудь действительно интересную для них тему, то были настолько поглощены беседой, что оставались глухи и слепы ко всему происходящему вокруг. В это время они находились где-нибудь в пятом тысячелетии до новой эры, и тысяча девятьсот тридцать пятый год для них просто не существовал.

На лице Джеппа появилось скептическое выражение.

— Хорошо, перейдем к ним. Что вы можете сказать нам об этих Дюпонах, Фурнье?

— Месье Арман Дюпон является одним из самых выдающихся археологов Франции.

— Эта информация мало что дает нам. Их положение в салоне было, с моей точки зрения, очень удобным — по другую сторону от прохода и чуть впереди по отношению к мадам Жизель. К тому же, насколько я понимаю, они поездили по миру, занимаясь раскопками в разных отдаленных его уголках, и имели возможность раздобыть змеиный яд.

— Может быть, — сказал Фурнье.

— Но вы в это не верите?

Француз с сомнением покачал головой.

— Месье Дюпон — подлинный энтузиаст. Некогда занимался торговлей предметами античного искусства. Бросил процветающий бизнес, чтобы посвятить себя раскопкам. Они с сыном преданы своей профессии. Мне представляется невероятным — я не говорю невозможным, поскольку после истории со Стависким[1] готов поверить во что угодно, — что они могут иметь отношение к этому преступлению.

---

[1] Дело Ставиского — финансово-политическая афера, обострившая политическую борьбу во Франции и вызвавшая кризисную ситуацию в стране в период с декабря 1933 по февраль 1934 г.; основной фигурант дела — Серж Александр Ставиский, французский предприниматель еврейско-украинского происхождения, обвинявшийся в подделке векселей на 200 млн франков.

— Хорошо, — сказал Джепп.

Он взял со стола лист бумаги, в котором делал записи, и откашлялся.

— Итак, вот что мы имеем. *Джейн Грей*. Вероятность — крайне мала, возможность — практически нулевая. *Мистер Гейл*. Вероятность — крайне мала, возможность — тоже практически нулевая. *Мисс Керр*. Вероятность — мала, возможность — сомнительна. *Леди Хорбери*. Вероятность — большая, возможность — практически нулевая. *Мусье Пуаро*. Вероятность — почти наверняка преступник; единственный человек в салоне, который мог создать психологический момент.

Джепп весело рассмеялся собственной шутке, а Пуаро и Фурнье улыбнулись — первый снисходительно, второй неуверенно.

— *Мистер Брайант,* — продолжил инспектор. — Вероятность довольно высока, возможность очень даже неплоха. *Мистер Райдер*. Вероятность сомнительна, возможность вполне прилична. *Дюпоны*. Вероятность низкая, возможность получения яда велика. Как мне представляется, это все, что мы знаем на данный момент. Нам предстоит выяснить очень и очень многое. В первую очередь я займусь Клэнси и Брайантом — выясню, что это за люди, не испытывали ли они финансовые затруднения в прошлом, каковы были их перемещения и эмоциональное состояние в последнее время, и все такое прочее. Потом точно так же проверю и Райдера. Но и остальных нельзя оставлять без внимания. Я поручу их заботам Уилсона. А месье Фурнье займется Дюпонами.

Француз с готовностью кивнул.

— Можете не беспокоиться, все будет сделано. Сегодня же вечером я вернусь в Париж. Теперь, когда нам уже известны кое-какие детали этого дела, возможно, удастся выведать что-нибудь у Элизы, горничной мадам Жизель. Кроме того, я тщательно изучу перемещения последней. Следует выяснить, где она находилась в течение лета. Насколько я знаю, она приезжала в Ле-Пине один или два раза. Мы можем получить информацию о ее возможных контактах с англичанами, имеющими отношение к данному делу... Да, придется поработать.

Фурнье и Джепп посмотрели на погрузившегося в раздумья бельгийца.

— Вы вообще собираетесь участвовать в расследовании, *мусье* Пуаро? — спросил Джепп.

Тот вздрогнул.

— Да. Я думаю, мне следует отправиться вместе с месье Фурнье в Париж.

— *Enchanté*[1], — с удовлетворением произнес Фурнье.

— Интересно, чем вы намереваетесь там заниматься? — спросил Джепп, с любопытством взгля-

---

[1] Очаровательно (*фр.*).

нув на Пуаро. — Вы как-то уж слишком спокойны. У вас появились какие-то идеи?

— Кое-какие соображения имеются. Но все очень сложно.

— Ну так поделитесь своими соображениями.

— Прежде всего меня тревожит то, — медленно произнес Пуаро, — где была обнаружена духовая трубка.

— Естественно! Из-за этого вас чуть не взяли под стражу.

Сыщик покачал головой.

— Я имею в виду не это. Меня тревожит вовсе не то, что она оказалась рядом с моим креслом, а то, что она вообще оказалась засунутой за подушку кресла — не важно, какого именно.

— Не вижу в этом ничего особенного, — сказал Джепп. — Преступнику нужно было где-то спрятать орудие убийства. Он не мог оставить его при себе, поскольку подвергся бы тогда огромному риску.

— *Évidemment*[1]. Но, может быть, вы заметили, друг мой, когда осматривали самолет, что иллюминаторы, которые не открываются, снабжены вентиляторами — поворачивающимися стеклянными дисками с маленькими, расположенными кругом отверстиями. Эти отверстия достаточно велики для того, чтобы в одно из них можно было просунуть нашу духовую трубку. Почему духовая трубка

---

[1] Очевидно (*фр.*).

была найдена? Ведь от нее легко можно было избавиться, просунув через вентиляционное отверстие. Что могло быть проще, чем избавиться от нее таким образом? Она упала бы на землю, и крайне маловероятно, что ее когда-нибудь нашли бы.

— Готов возразить: убийца опасался, что его попутчики заметят, как он просовывает трубку в отверстие иллюминатора.

— Понятно, — сказал Пуаро. — Он не побоялся поднести трубку к губам и произвести роковой выстрел, но побоялся, что люди увидят, как он избавляется от трубки!

— Да, звучит нелепо, — согласился Джепп. — Однако, как бы то ни было, он спрятал трубку за подушку кресла, и это непреложный факт.

Сыщик ничего не ответил.

— И это вам о чем-нибудь говорит? — с любопытством спросил его Фурнье.

Пуаро утвердительно наклонил голову.

— Это наводит меня на определенные размышления.

Вытащив машинальным движением из руки Джеппа чернильницу, которую тот, не замечая, наклонил так, что из нее могли вылиться чернила, и поставив ее на стол, Пуаро неожиданно вскинул голову.

— *A propos*[1], у вас имеется подробный список личных вещей пассажиров, который я просил вас составить?

---

[1] Кстати (*фр.*).

Глава 8

Список

— Я человек слова, — сказал инспектор Джепп.

С ухмылкой он сунул руку в карман пиджака и достал несколько сложенных пополам листов с плотным печатным текстом.

— Вот, пожалуйста. Здесь указано все, до последней мелочи! И хочу заметить, там фигурирует один весьма любопытный предмет... Мы поговорим с вами об этом после того, как вы ознакомитесь со списком.

Пуаро развернул листы, положил их на стол и принялся изучать. Фурнье придвинулся к нему, заглянул ему через плечо и прочитал:

«Джеймс Райдер

Карманы. Льняной носовой платок с вышитой буквой «Д». Бумажник из свиной кожи, содержащий семь купюр по одному фунту, три визитки. Письмо от партнера Джорджа Эбермана, в котором выражается надежда на то, что «о ссуде удалось договориться, поскольку в противном случае мы окажемся в весьма затруднительном положении». Письмо, подписанное именем Моди, с приглашением встретиться следующим вечером в Трокадеро (дешевая бумага, безграмотный текст). Серебряный портсигар. Спичечный коробок. Авторучка. Связка ключей. Ключ от дверного «йельского» замка. Несколько английских и французских монет. *Атташе-кейс.* Стопка бумаг с договорами о сделках с цементом. Книга «Жизнь пустая чаша» (запрещенная в Англии). Упаковка таблеток «Моментальное исцеление простуды».

Доктор Брайант

Карманы. Два льняных носовых платка. Бумажник, содержащий 20 фунтов и 500 франков. Несколько французских и английских монет. Ежедневник. Портсигар. Зажигалка. Авторучка. Ключ от дверного «йельского» замка. Связка ключей. *При нем.* Флейта в футляре. Книги «Мемуары Бенвенуто Челлини» и «*Les Maux de l'Oreille*»[1].

Норман Гейл

Карманы. Шелковый носовой платок. Бумажник, содержащий 1 фунт и 600 франков. Несколько монет. Визитки двух французских фирм, изготавливающих стоматологические инструменты. Пустой спичечный коробок «Брайант & Мэй». Серебряная зажигалка. Курительная трубка. Резиновый кисет. Ключ от дверного «йельского» замка. *Атташе-кейс.* Белый полотняный плащ. Два маленьких стоматологических зеркальца. Стоматологические ватные шарики. Журналы «Ла Ви Паризьен», «Стрэнд мэгэзин», «Автомобиль».

Арман Дюпон

---

[1] Заболевания уха (*фр.*).

Карманы. Бумажник, содержащий 1000 франков и 10 фунтов. Очки в футляре. Французские монеты. Хлопчатобумажный носовой платок. Пачка сигарет. Спичечный коробок. Карты в коробке. Зубочистка. *Атташе-кейс.* Рукопись, адресованная Королевскому Азиатскому обществу. Немецкие публикации по археологии. Листы с рисунками гончарных изделий. Разукрашенные полые трубки (курдские, по словам владельца). Маленький плетеный поднос. Девять фотографий без рамок — все изображающие гончарные изделия.

Жан Дюпон

Карманы. Бумажник, содержащий 5 фунтов и 300 франков. Портсигар. Мундштук (из слоновой кости). Зажигалка. Авторучка. Два карандаша. Маленькая записная книжка. Письмо на английском от Л. Марринера с приглашением на ланч в ресторан в районе Тоттенхэм-Корт-роуд. Несколько французских монет.

Дэниел Клэнси

Карманы. Носовой платок (в чернильных пятнах). Авторучка (текущая). Бумажник, содержащий 4 фунта и 100 франков. Три газетные вырезки с сообщениями о недавно произошедших преступлениях (один случай отравления мышьяком и два случая присвоения чужого имущества). Два письма от риелторов с описанием сельского поместья. Ежедневник. Четыре карандаша. Перочинный нож. Три расписки в получении векселя и четыре неоплаченных счета. Письмо от «Гордона» на бланке парохода «Минотавр». Наполовину отгаданный кроссворд из «Таймс». Записная книжка с набросками сюжетов. Несколько итальянских, французских, швейцарских и английских монет. Счет отеля в Неаполе. Большая связка ключей. *Карманы пальто.* Рукописные фрагменты романа «Убийство на Везувии». Континентальный справочник Брэдшоу. Мяч для гольфа. Пара носков. Зубочистка. Счет из отеля в Париже.

Мисс Керр

Сумочка. Губная помада. Два мундштука (один из слоновой кости, один из нефрита). Пудреница. Портсигар. Спичечный коробок. Носовой платок. Два фунта. Несколько монет. Половина аккредитива. Ключи. *Несессер из шагрени.* Щетки, расчески. Маникюрный набор. Пакет, содержащий зубную щетку, губку, зубной порошок, мыло. Две пары ножниц. Пять писем от близких и друзей из Англии. Два романа издательства «Таушниц». Фотография двух спаниелей. Журналы «Вог» и «Гуд хаузкипинг».

Мисс Грей

Сумочка. Губная помада, румяна, пудреница. Ключ от дверного «йельского» замка. Карандаш. Портсигар. Мундштук. Спичечный коробок. Два носовых платка. Счет из отеля в Ле-Пине. Маленькая книжечка «Французские фразы». Бумажник, содержащий 100 франков и 10 сантимов. Несколько французских и английских монет. Одна фишка из казино на сумму 5 франков. *Карманы дорожной куртки*. Шесть открыток с видами Парижа, два носовых платка и шелковый шарф. Письмо, подписанное «Глэдис». Упаковка аспирина.

Леди Хорбери

Сумочка. Две губные помады, румяна, пудреница. Носовой платок. Три купюры по 1000 франков, 6 фунтов. Несколько французских монет. Кольцо с бриллиантом. Пять французских почтовых марок. Два мундштука. Зажигалка в коробке. *Несессер*. Полный комплект косметических средств. Маникюрный набор (золото). Маленькая бутылочка с этикеткой со сделанной чернилами надписью «Борный порошок».

Когда Пуаро дошел до конца списка, Джепп ткнул пальцем в последний предмет.

— Нашему парню не откажешь в смекалке. Он решил, что это не очень вяжется со всем остальным. Борный порошок, ха! Белый порошок в этой бутылочке — кокаин.

Глаза Пуаро слегка округлились. Он медленно кивнул.

— Вероятно, это имеет мало отношения к нашему делу, — сказал Джепп. — Но мне, наверное, не нужно убеждать вас в том, что женщина, употребляющая кокаин, вряд ли придерживается строгих моральных устоев. Мне кажется, эту леди вряд ли что-то остановит, если она чего-то захочет. Внешность обманчива. И все-таки я сомневаюсь, что у нее хватило бы духу совершить подобное, и, откровенно говоря, не понимаю, каким образом ей удалось бы сделать это. Вообще, это дело представляется мне головоломкой.

Пуаро собрал листы со списком личных вещей пассажиров, еще раз ознакомился с их содержанием и со вздохом отложил в сторону.

— Все указывает на одного человека, — сказал он. — И все же я не понимаю, *почему,* а главное, *как* он сделал это.

Изумлению Джеппа не было предела.

— Вы хотите сказать, что, прочитав этот список, поняли, кто является убийцей?

— Думаю, да.

Джепп вырвал у него листы и принялся просматривать их, передавая по одному Фурнье. Закончив, он воззрился на маленького бельгийца.

— Вы не морочите мне голову, *мусье* Пуаро?

— Нет-нет, что вы. *Quelle idée!*[1]

Француз, тоже закончив чтение, положил листы на стол.

— Возможно, я просто глуп, но мне совершенно непонятно, каким образом этот список способо-

---

[1] Что за мысль! (*фр.*)

бен помочь нам продвинуться вперед в нашем расследовании.

— Не сам по себе, но рассматриваемый в совокупности с некоторыми особенностями данного дела, — пояснил Пуаро. — Впрочем, может быть, я и не прав, абсолютно не прав.

— Ну хорошо, — сказал Джепп, — изложите вашу версию. Очень любопытно послушать.

Сыщик покачал головой:

— Как вы сказали сами, это версия, всего лишь версия. Я надеялся найти в этом списке определенный предмет. *Eh bien*[1], я его нашел. Но, похоже, он указывает в неверном направлении. Не на того человека. Это значит, что предстоит большая работа. Мне еще многое непонятно. Я пока не вижу пути, который приведет к разгадке этой тайны. Есть лишь некоторые факты, выстраивающиеся в закономерном порядке. Вы этого не находите?.. Вижу, что нет. Тогда пусть каждый из нас действует в соответствии с собственными идеями. У меня нет уверенности — только подозрения...

— По-моему, вы несете откровенную чушь, — сказал Джепп и поднялся с кресла. — Ладно, на сегодня хватит. Я работаю в Лондоне, вы, Фурнье, возвращаетесь в Париж, а чем займется наш *мусье* Пуаро?

---

[1] Итак; ну что ж (*фр.*).

— Я хочу сопровождать месье Фурнье в Париж, более, чем когда-либо.

— Более, чем когда-либо? Интересно, что за блажь пришла вам в голову.

— Блажь? *Ce ne pas joli, ça!*[1]

Фурнье обменялся с Джеппом и Пуаро церемонным рукопожатием.

— Желаю вам доброго вечера и благодарю вас за гостеприимство. А с вами мы встретимся завтра утром в Кройдоне.

— Совершенно верно. *À demain*[2].

— Будем надеяться, что никто не убьет нас *en route*[3], — сказал Фурнье.

Два детектива отправились восвояси.

Некоторое время Пуаро сидел словно в забытьи, затем поднялся, убрал следы беспорядка, опустошил пепельницы и расставил стулья. Подойдя к журнальному столику, он взял номер «Скетч» и принялся перелистывать его, пока не нашел то, что ему было нужно.

«Два солнцепоклонника, — гласил заголовок. — Графиня Хорбери и мистер Раймонд Барраклаф в Ле-Пине». На фотографии были изображены смеющиеся мужчина и женщина в купальных костюмах, взявшиеся за руки.

---

[1] Звучит не очень-то красиво! (*фр.*)

[2] До завтра (*фр.*).

[3] По пути (*фр.*).

— Интересно, — вполголоса произнес Пуаро. — Можно было бы поработать в этом направлении... Да, можно было бы.

Глава 9

Элиза Грандье

Погода на следующий день стояла просто идеальная, и даже Эркюль Пуаро был вынужден признать, что его *estomac*[1] пребывает в полном порядке.

Они летели рейсом 8.45 на самолете компании «Эр сервис», следовавшем в Париж. Кроме Пуаро и Фурнье, в салоне находились семь или восемь пассажиров. Француз решил воспользоваться полетом для проведения серии экспериментов. Он достал из кармана маленькую бамбуковую трубку и через определенные интервалы времени трижды подносил ее к губам, каждый раз направляя ее в определенную сторону. Сначала он сделал это, повернувшись назад и выглянув из-за спинки своего кресла, затем повернув голову немного вбок и, наконец, когда возвращался из туалета. И каждый раз он ловил на себе удивленный взгляд то одного, то другого пассажира. Во время третьего эксперимента, казалось, взоры всех пассажиров были обращены в его сторону.

---
[1] Желудок (*фр.*).

Разочарованный Фурнье опустился в свое кресло. Веселый вид Пуаро явно не принес ему облегчения.

— Чему вы радуетесь, друг мой? Согласитесь, без следственных экспериментов обойтись нельзя.

— *Évidemment!* Откровенно говоря, я восхищаюсь вашей скрупулезностью. Вы чрезвычайно наглядно сыграли роль убийцы с духовой трубкой. Результат очевиден. Все видели, что вы делали.

— Не *все*.

— В определенном смысле, не все. Каждый раз *кто-то* не видел вас. Но для успешного убийцы этого недостаточно. Вы должны быть уверены, что вас не увидит *никто*.

— И в обычных условиях это невозможно, — сказал Фурнье. — Я придерживаюсь своей версии, согласно которой на борту «Прометея» должны были возникнуть *необычные* условия — психологический момент! Там непременно должен был возникнуть психологический момент, когда нечто привлекло внимание всех пассажиров.

— Наш друг инспектор Джепп собирается провести подробный опрос по этому поводу.

— Вы не согласны со мной, месье Пуаро?

Поколебавшись несколько секунд, маленький бельгиец медленно произнес:

— Я согласен с тем, что там возникла... должна была возникнуть психологическая причина, по которой никто не заметил убийства... Но мои мысли протекают в несколько ином направлении по сравнению с вашими. Я чувствую, что в данном деле зримые факты могут быть обманчивы. Закройте глаза, мой друг, вместо того, чтобы широко раскрывать их. Используйте *внутреннее* зрение. Заставьте работать серые клеточки своего мозга... Пусть они покажут вам, *что случилось в действительности.*

Фурнье смотрел на него с любопытством.

— Я не вполне понимаю вас, месье Пуаро.

— Это потому, что вы делаете выводы на основании *увиденного.* Ничто так не вводит в заблуждение, как глаза.

Покачав головой, француз развел руками.

— Сдаюсь. Не понимаю, что вы имеете в виду.

— Наш друг Жиро постоянно призывает вас не обращать внимания на мои причуды. «Действуйте энергично, — обычно говорит он. — Сидеть в кресле и размышлять — это метод старика, чьи лучшие времена остались в прошлом». А я говорю, что молодая гончая зачастую настолько увлеченно идет по следу, что опережает его... И след оказывается ложным. Надеюсь, вы поняли мой намек...

После этих слов Пуаро откинулся на спинку кресла и закрыл глаза — возможно, чтобы немного поразмыслить, — но через пять минут он уже крепко спал.

Прибыв в Париж, они сразу же направились на рю Жольетт, 3, на южный берег Сены. Дом, куда они пришли, ничем не выделялся среди соседних с ним зданий. Открывший дверь пожилой консьерж с мрачным видом поприветствовал Фурнье.

— Опять полиция! Сплошные неприятности... В конце концов это испортит дому репутацию.

Он повернулся и пошел в глубь дома, продолжая ворчать.

— Пойдемте в офис мадам Жизель, — сказал Фурнье. — Он находится на втором этаже.

Достав из кармана ключ, он объяснил, что французская полиция на всякий случай опечатала дверь в ожидании результатов расследования в Англии.

— Боюсь, мы не найдем здесь ничего полезного для нас.

Он снял печати, отпер дверь, и детективы вошли внутрь. Офис мадам Жизель представлял собой маленькую, тесную комнату, в которой располагались стоявший в углу несколько старомодный сейф, письменный стол и несколько стульев с потертой обшивкой. Единственное окно было грязным и производило впечатление, будто его никогда не открывали.

Оглядевшись, Фурнье пожал плечами.

— Видите? — сказал он. — Ничего. Абсолютно ничего.

Пуаро подошел к столу, сел за него, провел рукой по деревянной крышке и ее нижней поверхности, после чего взглянул на Фурнье.

— Здесь имеется звонок, — сказал он.
— Да, он проведен вниз, к консьержу.
— Весьма разумная мера предосторожности. Клиенты мадам наверняка приходили порой в буйное состояние.

Он открыл один ящик стола, затем другой. Они содержали канцелярские принадлежности — календарь, ручки, карандаши, — но никаких документов или личных вещей.

Пуаро бегло просмотрел содержимое ящиков.

— Не буду обижать вас, друг мой, тщательным обыском. Если б здесь что-то было, вы, я уверен, обязательно нашли бы.

Он бросил взгляд на сейф.

— Похоже, не самое надежное хранилище...
— Немного устарел, — согласился Фурнье.
— Он был пуст?
— Да. Эта проклятая горничная все уничтожила.
— Ах да, горничная... Доверенное лицо. Мы должны поговорить с ней. Эта комната, как вы сказали, ничего нам не даст. Очень интересно, не находите?
— Что вы имеете в виду, месье Пуаро? Что находите интересным?
— Я имею в виду, что эта комната выглядит совершенно безличной... И нахожу это интересным.
— Едва ли она была сентиментальна, — сухо произнес Фурнье.

Пуаро поднялся со стула.

— Пойдемте, поговорим с этой в высшей степени преданной горничной.

Элиза Грандье была невысокой полной женщиной среднего возраста с румяным лицом и маленькими проницательными глазками, которые она быстро переводила с Фурнье на его спутника и обратно.

— Присядьте, мадемуазель Грандье, — предложил ей Фурнье.

— Благодарю вас, месье. — Она села с невозмутимым видом.

— Месье Пуаро и я вернулись сегодня из Лондона. Вчера началось расследование по делу о смерти мадам. Нет никаких сомнений в том, что мадам была отравлена.

Горничная грустно покачала головой.

— То, что вы говорите, ужасно, месье. Мадам отравили? Кому такое могло прийти в голову?

— Именно это вы, вероятно, и сможете помочь нам выяснить, мадемуазель.

— Разумеется, месье. Я сделаю все, что в моих силах, чтобы помочь полиции. Но мне ничего не известно — абсолютно ничего.

— Вы знаете, что у мадам были враги? — резко спросил Фурнье.

— Это неправда! Откуда у мадам могли взяться враги?

— Бросьте, мадемуазель Грандье, — сухо произнес Фурнье. — Ростовщику нередко приходится сталкиваться... с определенными неприятностями.

— Действительно, иногда клиенты мадам вели себя не очень благоразумно, — согласилась Элиза.

— Устраивали сцены? Угрожали?

Горничная покачала головой:

— Нет-нет, ничего подобного. Угрожали вовсе не *они*. Они жаловались, плакали, умоляли, говорили, что не могут заплатить. — В ее голосе отчетливо прозвучали презрительные нотки.

— Вероятно, мадемуазель, они просто не могли вернуть долг, — сказал Пуаро.

Элиза Грандье пожала плечами:

— Возможно. Это их дело! Обычно они в конце концов все-таки платили, — с нескрываемым удовлетворением произнесла она.

— Мадам была довольно жестким, наверное, даже жестоким человеком, — заметил Фурнье.

— Это вполне оправдано.

— Вы не испытываете никакой жалости к жертвам?

— Жертвы... Вы ничего не понимаете, — сбивчиво заговорила Элиза. — Разве есть необходимость в том, чтобы жить не по средствам, влезать в долги, а потом надеяться, что тебе их простят? Это просто неразумно! Мадам была честной, порядочной женщиной. Она давала в долг и рассчитывала получить свои деньги обратно. Это справедливо. У нее самой никогда не было долгов. Она всегда вовремя платила по счетам. И это неправда, будто она была жестокой! Мадам была доброй. Она всегда давала деньги «Маленьким сестрам бедняков», когда те обращались к ней. Она оказывала помощь благотворительным организациям. Когда жена Жоржа — консьержа — заболела, она оплатила ее лечение в больнице.

Горничная замолчала. Ее лицо заливала краска гнева.

— Вы ничего не понимаете, — повторила она. — Вы просто совсем не знали мадам.

Фурнье немного подождал, пока уляжется ее негодование.

— Вы сказали, что клиенты мадам обычно *в конце концов* платили. Вам известно, какими способами она вынуждала их делать это?

Элиза снова пожала плечами:

— Я ничего не знаю, месье. Абсолютно ничего.

— Вы знали достаточно для того, чтобы сжечь документы мадам.

— Я следовала ее инструкциям. Мадам сказала, что, если с нею произойдет несчастный случай или она заболеет и умрет где-нибудь вдали от дома, я должна сжечь ее деловые бумаги.

— Те, что хранились в сейфе на первом этаже?

— Совершенно верно. Ее деловые бумаги.

— И они находились в этом сейфе?

На щеках Элизы вновь проступил румянец. Она была явно раздражена такой настойчивостью.

— Я выполняла инструкции мадам, — упрямо повторила она.

— Это понятно, — сказал Пуаро с улыбкой. — Но в сейфе бумаг не было. Ведь так, не правда ли? Этот сейф давно устарел, его мог бы открыть даже любитель. Бумаги хранились где-то в другом месте — может быть, в спальне мадам?

Элиза помялась.

— Да, это правда. Мадам всегда говорила клиентам, что бумаги хранятся в сейфе, а сама держала их в своей спальне.

— Вы нам покажете, в каком именно месте?

Элиза поднялась с кресла и направилась к двери. Мужчины последовали за ней. Спальня представляла собой комнату средних размеров и была настолько плотно заставлена украшенной орнаментом тяжелой мебелью, что перемещение по ней стоило немалого труда. В одном углу стоял огромный старомодный шкаф. Элиза подняла крышку и вынула старомодное шерстяное платье из альпаки с шелковой нижней юбкой. На внутренней стороне платья был пришит глубокий карман.

— Вот здесь, месье, — сказала горничная. — Они хранились в большом запечатанном конверте.

— Вы мне об этом ничего не говорили, когда я допрашивал вас два дня назад, — резко произнес Фурнье.

— Прошу прощения, месье. Вы спросили меня, где находятся бумаги, которые должны храниться в сейфе, и я ответила, что сожгла их. Я сказала правду, а где именно они хранились, вы не спрашивали.

— В самом деле, — согласился Фурнье. — Видите ли, мадемуазель, эти бумаги нельзя было сжигать.

— Я выполнила распоряжение мадам, — угрюмо произнесла Элиза.

— Понимаю, вы действовали из лучших побуждений, — сказал Фурнье примирительным тоном. — А теперь я хочу, мадемуазель, чтобы вы меня очень внимательно выслушали. *Мадам была убита* — возможно, лицом или лицами, о которых она знала нечто, что могло бы повредить их репутации, стань эта информация достоянием гласности. Она содержалась в этих самых бумагах, которые вы сожгли. Я задам вам вопрос, мадемуазель, но вы не спешите и хорошо подумайте, прежде чем отвечать. Возможно — *на мой взгляд, это вполне вероятно и понятно*, — вы просмотрели эти бумаги перед тем, как предали их огню. Если это так, вам не будет предъявлено какое-либо обвинение. Напротив, любая информация, которую вы узнали, может сослужить большую службу полиции и помочь ей привлечь преступника к ответственности. Таким образом, мадемуазель, вы можете смело говорить правду. Ознакомились ли вы с содержанием бумаг перед тем, как сожгли их?

— Нет, месье. Я даже не видела их, поскольку сожгла конверт, не распечатывая его.

Глава 10

МАЛЕНЬКАЯ ЧЕРНАЯ КНИЖКА

Несколько мгновений Фурнье пристально смотрел на горничную и, удостоверившись в том, что она говорит правду, отвернулся в сторону с выражением глубокого разочарования на лице.

— Очень жаль, — сказал он. — Вы вели себя достойно, мадемуазель, но тем не менее очень жаль.

— Ничем не могу помочь вам, месье. Мне тоже очень жаль.

Фурнье сел и достал из кармана записную книжку.

— Во время первого допроса, мадемуазель, вы сказали, что не знаете имен клиентов мадам. А теперь рассказываете, что они плакали и молили о милосердии... Следовательно, вам что-то известно о клиентах мадам Жизель?

— Позвольте объяснить, месье. Мадам никогда не упоминала имена и никогда не говорила о делах. Но мне не раз приходилось слышать ее комментарии.

Пуаро подался вперед:

— Вы не могли бы привести пример, мадемуазель?

— Дайте вспомнить... Ах да. Однажды мадам получила письмо. Вскрывает конверт, читает, смеется, а потом говорит: «Вы хнычете, распускаете слюни, моя прекрасная леди. Все равно вам придется заплатить». В другой раз она сказала: «Вот идиоты! Думают, я буду давать им крупные суммы без надлежащей гарантии. Знание — гарантия, Элиза. Знание — сила».

— Вы видели кого-нибудь из клиентов мадам, приходивших сюда?

— Нет, месье, никогда. Они всегда поднимались на второй этаж, к тому же приходили затемно.

— Мадам находилась в Париже, перед тем как отправилась в Англию?

— Она вернулась в Париж только за день до этого.

— И где же она была?

— Она уезжала на две недели в Довиль, Ле-Пине, Пари-Пляж и Вимрё. Это ее обычный сентябрьский маршрут.

— А теперь вспомните, мадемуазель, не говорила ли она *что-нибудь*, что могло бы быть полезным для нашего расследования?

Поразмыслив несколько секунд, Элиза покачала головой:

— Нет, месье. Не могу припомнить ничего такого. Мадам пребывала в хорошем настроении. Дела, по ее словам, шли хорошо. Ее поездка оказалась весьма удачной. Она поручила мне позвонить в «Юниверсал эйрлайнс» и забронировать билет в Англию на следующий день. На утренний рейс все билеты были проданы, и я забронировала билет на двенадцатичасовой рейс.

— Она говорила, зачем едет в Англию? В этой поездке была какая-то срочная необходимость?

— О нет, месье. Мадам ездила в Англию довольно часто. Обычно она извещала меня об отъезде за день.

— В тот вечер к ней приходил кто-нибудь из клиентов?

— Кажется, один клиент приходил, месье, но я не уверена... Возможно, Жорж скажет вам точнее. Мне мадам ничего не говорила.

Фурнье достал из кармана несколько фотографий — главным образом снимки свидетелей, покидающих зал коронерского суда, сделанные репортерами.

— Узнаете кого-нибудь из них, мадемуазель?

Внимательно изучив фотографии, Элиза покачала головой.

— Нет, месье.

— Нужно показать их также и Жоржу.

— Конечно, месье. Правда, у Жоржа, к сожалению, не очень хорошее зрение.

Фурнье поднялся с кресла.

— Хорошо, мадемуазель, разрешите откланяться. Подумайте, все ли вы сказали нам, не упустили ли что-нибудь из вида.

— А что я могла упустить из вида? — Элиза выглядела откровенно расстроенной.

— Все понятно. Пойдемте, месье Пуаро... Прошу прощения, вы что-то ищете?

Маленький бельгиец действительно расхаживал по комнате, глядя по сторонам.

— Да, — ответил он. — Я ищу то, чего не вижу.
— Что именно?
— Фотографии. Фотографии родственников мадам Жизель, членов ее семьи.

Элиза покачала головой:

— У мадам не было семьи. И вообще никого на целом свете.

— У нее была дочь, — неожиданно сказал Пуаро.
— Да, это так. У нее была дочь. — Элиза вздохнула.

— Но здесь нет ее фотографии, — не унимался Пуаро.

— Месье не понимает. Мадам действительно имела дочь, но это было давно. По-моему, в последний раз она видела ее, когда та была младенцем.

— Как такое могло быть? — удивленно спросил Фурнье.

Элиза беспомощно развела руками:

— Не знаю. Мадам была тогда молода. Я слышала, в молодости она была красивой. Красивой и бедной. Неизвестно, была она замужем или нет. Я думаю, нет. Судьба ее дочери была каким-то образом устроена. Что касается мадам, она переболела оспой и едва не умерла. Когда она выздоровела, вместе с болезнью ушла и ее красота. Больше в ее жизни не было ни безумств, ни романтических увлечений. Мадам стала деловой женщиной.

— Но она оставила деньги дочери?

— И правильно сделала. Кому еще оставлять деньги, как не собственной кровиночке? Кровь гуще воды, а мадам не имела даже друзей. Она всегда была одна. Ее страстью стали деньги. Но тратила она очень мало. Роскошь ее совсем не прельщала.

— Она оставила вам наследство. Вы знаете об этом?

— Да. Мне сообщили об этом. Мадам всегда отличалась щедростью. Каждый год выдавала мне, помимо зарплаты, очень приличную сумму... Я чрезвычайно благодарна ей.

— Хорошо, — сказал Фурнье. — Мы уходим. По пути я еще переговорю с Жоржем.

— Вы не станете возражать, друг мой, если я присоединюсь к вам через пять минут? — спросил Пуаро.

— Как вам будет угодно.

Фурнье вышел за дверь.

Сыщик еще раз обошел комнату, затем сел в кресло и посмотрел на Элизу. Под его пронзительным взглядом горничная беспокойно зашевелилась.

— Месье желает знать что-то еще?

— Мадемуазель Грандье, — медленно произнес Пуаро, — вы знаете, кто убил вашу хозяйку.

— Нет, месье. Клянусь Богом.

Ее слова звучали искренне. Посмотрев на нее испытующе, Пуаро наклонил голову.

— *Bien*. Допустим. Но знать — одно, а подозревать — другое. У вас есть какое-либо предположение — только *предположение*, — кто мог сделать это?

— Ни малейшего представления, месье. Я уже говорила об этом полицейскому инспектору.

— Вы могли сказать ему одно, а мне — другое.

— Почему вы так решили, месье? Зачем мне это нужно?

— Потому, что отвечать на вопросы полицейского инспектора — одно, а на вопросы частного лица — другое.

— Да, — согласилась Элиза. — Это правда.

По ее лицу пробежала тень сомнения. Судя по всему, она о чем-то напряженно думала. Пристально глядя на нее, Пуаро подался вперед.

— Сказать вам кое-что, мадемуазель Грандье? Это часть моей работы — не верить ничему, что мне говорят. Ничему, что *не подтверждено доказательствами*. Я не подозреваю сначала одного человека, потом другого. Я подозреваю *всех*. Любой, кто имеет то или иное отношение к преступлению, рассматривается мною в качестве потенциального преступника до того самого момента, когда я получаю доказательство его невиновности.

Элиза Грандье гневно воззрилась на него.

— Вы хотите сказать, что подозреваете меня... в убийстве мадам? Это уже слишком! Как вам только могла прийти в голову столь чудовищная мысль?

Она задыхалась от возмущения. Ее объемистая грудь ритмично вздымалась и опускалась.

— Нет-нет, мадемуазель Элиза, я вовсе не подозреваю вас. Убийца мадам находится среди пассажиров самолета. Стало быть, вы к этому непричастны. Но вы могли быть *пособником* преступника. Вы могли сообщить кому-то подробности путешествия мадам.

— Клянусь вам, ничего подобного я не делала!

Некоторое время Пуаро смотрел на нее, не произнося ни слова, затем наконец кивнул.

— Я верю вам. Но вы все-таки что-то скрываете. Да-да, скрываете! Послушайте, что я вам скажу. Расследуя уголовные дела, я постоянно сталкиваюсь с одним и тем же феноменом: *каждый свидетель что-нибудь утаивает*. Иногда — довольно часто — это что-нибудь совершенно невинное, никак не связанное с преступлением. И все равно, я повторяю, что-нибудь, да утаивает. То же самое и с вами. Не отрицайте! Я — Эркюль Пуаро и знаю, что говорю. Когда мой друг месье Фурнье спросил, уверены ли вы, что ничего не упустили из вида, вас это явно обеспокоило. Вы ответили машинально, уклончиво. И опять, когда я сказал, что вы могли бы сообщить мне сведения, которые не пожелали сообщать полиции, повторилось то же самое. Вы встревожились и задумались. Стало быть, вам *что-то* известно. Мне необходимо знать, что именно.

— Это не имеет никакого значения.

— Возможно. И тем не менее скажите мне, пожалуйста. — Увидев, что горничная колеблется, Пуаро поспешил добавить: — Не забывайте, я не из полиции.

— Месье, — сказала Элиза наконец, — я нахожусь в затруднительном положении, поскольку не знаю, как к этому отнеслась бы мадам.

— Вспомните поговорку: «Один ум хорошо, а два лучше». Не хотите посоветоваться со мною? Давайте вместе поразмыслим над этим.

С лица женщины не сходило выражение сомнения.

— Я все понимаю, Элиза, — сказал Пуаро с улыбкой. — Эти колебания связаны с вашей преданностью покойной хозяйке, не так ли?

— Совершенно верно, месье. Мадам доверяла мне. Я всегда строго выполняла ее инструкции.

— Вы были благодарны ей за какую-то большую услугу, которую она вам оказала?

— Месье слишком торопится... Да, в самом деле. Я не собираюсь скрывать это. Меня обманули, украли все мои сбережения, и я осталась одна с ребенком. Мадам проявила ко мне необычайную доброту. Она отдала моего ребенка на воспитание хорошим, порядочным людям, содержавшим ферму. Тогда-то она и сказала мне, что у нее есть дочь.

— Она называла возраст дочери, говорила, где она находится, рассказывала какие-либо подробности?

— Нет, месье. По ее словам, та часть жизни осталась в прошлом, и она поставила на ней крест. Так будет лучше, сказала мадам. Девочка ни в чем не нуждалась и должна была получить хорошее воспитание, образование и профессию. А после смерти мадам ей достались бы все ее деньги.

— Больше она ничего не говорила о своей дочери или ее отце?

— Нет, месье. Но мне кажется...

— Говорите, мадемуазель Элиза.

— Это только предположение, вы понимаете...

— Разумеется.

— Мне кажется, отцом ребенка был англичанин.

— У вас имелись определенные основания так считать?

— Ничего определенного. Просто, когда мадам говорила об англичанах, в ее голосе звучала горечь. Кроме того, похоже, ей доставляло особое удовольствие, когда в зависимость к ней попадали английские клиенты. Но это только впечатление...

— Да, но оно может оказаться очень полезным. Оно открывает возможности... А ваш ребенок, мадемуазель Элиза? Кто у вас, мальчик или девочка?

— Девочка, месье. Но она умерла — пять лет назад.

— О, примите мои соболезнования.

Последовала пауза.

— И все же, мадемуазель Элиза, что же это, о чем вы так упорно не хотите говорить?

Женщина поднялась с кресла и вышла из комнаты. Через несколько минут она вернулась, держа в руке потрепанную черную записную книжку.

— Это записная книжка мадам. Она всегда и всюду брала ее с собой. Собираясь в этот раз в Англию, она не смогла найти ее. После отъезда мадам я нашла книжку — та завалилась за изголовье кровати. Я отнесла ее в свою комнату, чтобы потом отдать мадам. Узнав о ее смерти, я сожгла бумаги, но книжку оставила. В отношении ее у меня не было никаких инструкций.

— Когда вы узнали о смерти мадам?

Элиза задумалась.

— Вы узнали об этом от полиции, не так ли? — продолжал Пуаро. — Они пришли, произвели осмотр комнаты мадам, увидели пустой сейф, и вы сказали им, что сожгли бумаги. Но в действительности вы сожгли их позже.

— Это правда, месье, — призналась Элиза. — Пока они рылись в сейфе, я незаметно вынула бумаги из шкафа, а потом сказала им, что сожгла их. В конце концов, это было близко к истине. Я сожгла бумаги при первой же возможности. Понимаете теперь, месье, в чем затруднительность моего положения? Я не могла не выполнить распоряжение мадам. Вы не заявите в полицию? У меня могут возникнуть серьезные проблемы.

— Я верю, мадемуазель Элиза, что вы руководствовались самыми благими намерениями. И все же, понимаете, жаль... очень жаль. Однако нет смысла сожалеть о том, что уже невозможно исправить. Я не вижу никакой необходимости в том, чтобы сообщать славному месье Фурнье точное время уничтожения бумаг. А теперь давайте посмотрим, содержится ли в этой книжке что-нибудь полезное для нас.

— Не думаю, месье, — сказала Элиза, покачав головой. — Это личные записи мадам. Одни цифры. Без документов они не имеют никакого смысла.

Она неохотно протянула книжку Пуаро. Тот взял ее и перелистал. Страницы были исписаны наклонными строчками, выполненными карандашом и похожими друг на друга. За номером следовали пояснительные слова. Например: *СХ 256. Жена полковника. Находится в Сирии. Полковые фонды»; «GF 342. Французский представитель. Связь с аферой Ставиского».* Всего подобных записей было около двадцати. В конце книжки фигурировали даты и места, вроде: *«Ле-Пине, понедельник, казино, 10.30, отель «Савой», 5 часов»; «АВС. Флит-стрит, 11 часов».* Эти письмена казались незавершенными и больше походили на памятки, нежели на настоящие записи о деловых встречах.

Элиза озабоченно смотрела на Пуаро.

— Это имеет смысл только для мадам, месье, и больше ни для кого.

Пуаро закрыл книжку и сунул ее в карман.

— Она может представлять большую ценность, мадемуазель. Вы поступили весьма благоразумно, отдав ее мне. И пусть ваша совесть будет чиста. Ведь мадам не приказывала вам сжечь эту книжку?

— В самом деле... — Ее лицо немного просветлело.

— Следовательно, если у вас не было в отношении книжки никаких инструкций, ваш долг передать ее полиции. Я договорюсь с месье Фурнье, чтобы к вам не было претензий по поводу того, что вы не сделали этого раньше.

— Месье очень добр.

— А теперь я присоединюсь к моему коллеге... Да, и последний вопрос. Бронируя билет на самолет для мадам Жизель, вы звонили на аэродром Ле-Бурже или в офис авиакомпании?

— Я звонила в офис компании «Юниверсал эйрлайнс», месье.

— Насколько мне известно, он находится на бульваре Капуцинок[1]?

---

[1] Это правильное название. Между тем гораздо большее распространение получило название «бульвар Капуцинов».

— Совершенно верно, месье. Бульвар Капуцинок, двести пятьдесят четыре.

Пуаро записал номер в свою записную книжку, после чего, дружески кивнув женщине, вышел из комнаты.

Глава 11

АМЕРИКАНЕЦ

Фурнье беседовал с Жоржем. Детектив был явно раздражен.

— Все полицейские одинаковы, — ворчал старик низким, хриплым голосом. — Снова и снова задают один и тот же вопрос... На что они рассчитывают? Что рано или поздно человек вместо правды начнет говорить ложь? Разумеется, такую ложь, которая устроила бы этих господ.

— Мне нужна правда, а не ложь.

— Очень хорошо. Я и говорю вам правду. Да, вечером, накануне отъезда мадам в Англию, к ней приходила женщина. Вы показываете мне фотографии и спрашиваете, узнаю ли я на одной из них эту женщину. Повторяю еще раз: у меня уже не столь хорошее зрение, как раньше; опять-таки, было довольно темно, к тому же я не присматривался. Я не узнал эту женщину. Если б я столкнулся с ней лицом к лицу, то и тогда, наверное, не узнал бы ее. Говорю вам это уже в четвертый или пятый раз.

— И вы даже не можете вспомнить, какой она была — высокого или низкого роста, темноволосой или светловолосой, молодой или пожилой? В это верится с трудом. — В голосе Фурнье прозвучали раздраженные саркастические нотки.

— Можете не верить. Мне все равно. Не очень-то приятно иметь дело с полицией. Какой стыд! Если б мадам не погибла в самолете, вы, вероятно, заподозрили бы, что это я, Жорж, отравил ее... У полицейских всегда так.

Пуаро предвосхитил гневную отповедь со стороны Фурнье, положив ему руку на плечо.

— Будет вам, старина. Желудок требует своего. Простой, но сытный обед — вот мое предложение. Скажем, омлет с шампиньонами, морской язык по-нормандски, сыр из Пор-Салю и красное вино. Какое предпочитаете?

Фурнье бросил взгляд на часы.

— В самом деле, — сказал он, — уже час. Столько времени потратили на разговоры с этим... — Он с яростью посмотрел на Жоржа.

Пуаро ободряюще улыбнулся старику.

— Все понятно, — сказал он. — Безымянная женщина не была ни высокой, ни низкой, ни светловолосой, ни темноволосой, ни худой, ни полной. Но вы, по крайней мере, могли бы сказать нам: она была эффектна?

— Эффектна? — обескураженно переспросил Жорж.

— Вот и ответ на мой вопрос, — сказал Пуаро. — Она была *эффектна*. И мне представляется, мой друг, она хорошо смотрелась бы в купальном костюме.

Жорж смотрел на него в недоумении.

— В купальном костюме? При чем здесь купальный костюм?

— Просто я думаю, что в купальном костюме очаровательная женщина должна выглядеть еще более очаровательной. Вы не согласны? Взгляните-ка вот на это.

Он протянул ему лист, вырванный из журнала «Скетч».

Взяв его и рассмотрев, старик вздрогнул. Последовала короткая пауза.

— Вы согласны со мной, не так ли? — спросил Пуаро.

— Выглядят неплохо, эти две. Если б на них вообще ничего не было, это мало что изменило бы.

— Это потому, что мы открыли для себя благотворное влияние солнечных лучей на кожу.

Хрипло рассмеявшись, Жорж со снисходительным видом отвернулся в сторону, а Пуаро и Фурнье вышли на залитую солнцем улицу.

За обедом, меню которого составляли блюда, упомянутые Пуаро, детектив достал из кармана маленькую черную записную книжку.

Фурнье пребывал в сильном возбуждении, разражаясь гневными тирадами в адрес Элизы. Бельгиец спорил с ним.

— Это естественно, вполне естественно. Слово «полиция» всегда вызывает страх у представителей низших классов — во всех странах.

— И в этом ваше преимущество, — заметил Фурнье. — Частный сыщик способен получить от свидетелей больше информации, нежели сотрудник полиции. Однако и у представителей государственных органов имеется свое преимущество. За нами стоит хорошо организованная и отлаженная система.

— Так давайте сотрудничать на пользу общего дела, — сказал с улыбкой Пуаро. — Этот омлет восхитителен.

В перерыве между омлетом и морским языком Фурнье перелистал черную книжку, после чего сделал запись в своем блокноте. Подняв голову, он взглянул на Пуаро.

— Вы ведь прочитали все это?

— Нет, лишь бегло просмотрел. Вы позволите? — Он взял у Фурнье книжку.

Когда им принесли сыр, Пуаро положил книжку на стол, и их глаза встретились.

— Там имеются определенные записи... — заговорил француз.

— Пять, — уточнил Пуаро.

— Согласен — пять.

CL 52. Жена английского пэра. Муж.
RT 362. Доктор. Харли-стрит.
MR 24. Поддельные древности.
XVB 724. Англичанин. Растрата.
GF 45. Попытка убийства. Англичанин.

— Превосходно, друг мой, — сказал Пуаро. — Наши головы работают на удивление синхронно. Похоже, из всех записей, содержащихся здесь, только эти пять записей могут иметь какое-то отношение к пассажирам самолета. Давайте рассмотрим их по очереди.

— *Жена английского пэра. Муж*, — произнес Фурнье. — Это может относиться к леди Хорбери, которая, насколько я понимаю, чрезвычайно азартна. Вполне возможно, она заняла деньги у мадам Жизель. Клиенты мадам, как правило, принадлежат именно к этому типу. Слово *муж* может иметь одно из двух значений. Либо мадам Жизель рассчитывала получить долг с ее мужа, либо она угрожала леди Хорбери, что откроет ему некую компрометирующую ее тайну.

— Совершенно верно, — согласился Пуаро. — Обе эти версии в высшей степени вероятны. Лично я отдаю предпочтение второй и готов биться об заклад, что женщиной, посещавшей мадам Жизель накануне ее отъезда, была леди Хорбери.

— Вы так считаете?

— Да. И, думаю, вы считаете точно так же. Мне кажется, наш консьерж проявил рыцарское благородство. Его упорное нежелание вспоминать какие-либо детали внешности визитерши весьма красноречиво. Леди Хорбери очень привлекательная женщина. Кроме того, он вздрогнул — едва заметно, — когда я показал ему ее фотографию в купальном костюме из «Скетча». Да, к мадам Жизель в тот вечер приходила леди Хорбери.

— Она последовала за нею в Париж из Ле-Пине, — медленно произнес Фурнье. — Похоже, ее положение было отчаянным.

— Да. Очень может быть.

Француз взглянул на него с любопытством.

— Но это не согласуется с вашими идеями, не так ли?

— Друг мой, я убежден в одном: неопровержимая улика указывает не на того человека... Пока я блуждаю в потемках. Моя улика неопровержима, и все же...

— Вы не хотели бы поделиться со мной, что это за улика? — спросил Фурнье.

— Нет, поскольку я могу быть не прав — абсолютно не прав, — и тем самым ввести вас в заблуждение. Пусть каждый из нас действует в соответствии со своими идеями. Итак, продолжим. Что там дальше?

— *RT 362. Доктор. Харли-стрит*, — прочитал Фурнье.

— Возможно, речь идет о докторе Брайанте. В отношении его у нас ничего особенного нет, но этой линией в расследовании пренебрегать нельзя.

— Этим, безусловно, займется инспектор Джепп.

— И я тоже, — сказал Пуаро.

— *MR 24. Поддельные древности*, — продолжил читать Фурнье. — Предположение, прямо скажем, сомнительное, но данная запись может относиться к Дюпонам. В это трудно поверить — ведь месье Дюпон всемирно известный археолог с безупречной репутацией...

— Что значительно облегчало ему дело, — заметил Пуаро. — Вспомните, мой дорогой Фурнье, какой безупречной репутацией пользовались и какое восхищение вызывали многие из выдающихся мошенников — *до тех пор, пока их не уличали в мошенничестве!*

— В самом деле, — со вздохом согласился Фурнье.

— Безупречная репутация — это первое, что необходимо мошеннику для успешного осуществления своей деятельности. Интересная мысль... Однако же продолжим.

— *XVB 724. Англичанин. Растрата*. Весьма неопределенно...

— Да, мало о чем говорит, — согласился Пуаро. — Кто растратчик? Адвокат? Банковский служащий? Кто-то, кто имеет отношение к коммерческой деятельности. Едва ли это писатель, стоматолог или доктор. К данной категории принадлежит только мистер Райдер. Он мог растратить деньги и потом занять их у мадам Жизель, чтобы скрыть свое преступление. Что касается последней записи — *GF 45. Попытка убийства. Англичанин*, — она открывает перед нами широкое поле для предположений. Писатель, стоматолог, бизнесмен, стюард, ассистентка парикмахера, леди — любой из них может быть *GF 45*. Из этого списка исключаются лишь Дюпоны — в силу их национальной принадлежности.

Пуаро подозвал жестом официанта и попросил счет.

— Куда вы сейчас, друг мой? — осведомился он.

— В управление. Возможно, там есть для меня новости.

— Хорошо. Я поеду с вами, а потом проведу собственное небольшое расследование, и, возможно, вы поможете мне.

В управлении сыскной полиции Пуаро возобновил знакомство с начальником управления, с которым встречался несколькими годами ранее в ходе одного из своих расследований. Месье Жиль был сама любезность.

— Чрезвычайно рад, что вы заинтересовались этим делом, месье Пуаро.

— Преступление свершилось у меня под носом, месье Жиль. Это самое настоящее оскорбление, согласитесь. Эркюль Пуаро проспал убийство!

Начальник управления сочувственно покачал головой.

— Ох уж эти самолеты! В плохую погоду они очень неустойчивы. Меня самого не раз укачивало в полете.

— Понятно, почему болтанка воздействует на желудок, — сказал Пуаро. — Но каким образом пищеварительная система влияет на работу мозга? Когда меня начинает укачивать, я, Эркюль Пуаро, превращаюсь в существо без серых клеточек — в простого представителя человеческой расы с уровнем интеллекта ниже среднего! Это весьма прискорбно, но это факт... Между прочим, как поживает мой славный друг Жиро?

Оставив без внимания слова «между прочим», месье Жиль ответил, что Жиро продолжает продвижение по карьерной лестнице.

— Чрезвычайно усерден. Его энергия поистине неисчерпаема.

— Он всегда был таким. Постоянно носился взад и вперед. Ползал на четвереньках. Вездесущий человек. Ни на секунду не останавливался, чтобы поразмыслить.

— Ах, месье Пуаро, это ваш пунктик. Вам ближе такие люди, как Фурнье. Он последователь новой школы — психология и все такое прочее... Это должно вам нравиться.

— Так оно и есть.

— Он хорошо знает английский, поэтому-то мы и послали его в Кройдон помочь им разобраться в этом деле. Очень интересное дело, месье Пуаро. Мадам Жизель была одной из самых известных женщин в Париже. И обстоятельства ее смерти весьма необычны. Отравленный дротик, выпущенный из духовой трубки на борту самолета! Неужели подобное возможно, спрашиваю я вас?

— Именно! — воскликнул Пуаро. — Именно! Вы попали в самую точку! А вот и наш замечательный месье Фурнье... Вижу, у вас есть новости.

Меланхоличное лицо Фурнье хранило серьезное выражение. Он был явно чем-то взволнован.

— Да, действительно. Греческий торговец антиквариатом Зеропулос сообщил о том, что за три дня до убийства продал духовую трубку и дротики. Я предлагаю, месье... — он почтительно наклонил голову в сторону своего шефа, — допросить этого человека.

— Непременно. Месье Пуаро отправится с вами?

— Если не возражаете, — сказал маленький бельгиец. — Это интересно. Очень интересно.

Магазин Зеропулоса находился на рю Сент-Оноре. В нем имелся большой ассортимент персидской глиняной посуды, несколько бронзовых изделий из Луристана[1], индийские украшения, шелковые и расшитые ткани из многих стран, жемчуг и дешевые египетские товары. В таком магазине можно было заплатить миллион франков за предмет стоимостью полмиллиона или десять франков за предмет стоимостью пятьдесят сантимов. Его клиентами являлись главным образом американские туристы, специалисты и любители древностей.

Зеропулос — невысокий мужчина плотного телосложения с маленькими черными глазками — оказался весьма словоохотливым. Джентльмены из полиции? Он очень рад видеть их у себя. Может быть, они хотят пройти в офис? Да, он продал духовую трубку из Южной Америки.

— Понимаете, джентльмены, я продаю всего понемногу. У меня есть определенные специализации. Одна из них — Персия. Месье Дюпон — уважаемый месье Дюпон — может замолвить за меня слово. Он сам часто приходит ко мне посмотреть мою коллекцию — мои новые приобретения, — чтобы высказать свое мнение по поводу предметов, вызывающих сомнение. Что за человек! Какая эрудиция! Какой глаз! Какое *чутье*!.. Но я отклонился от темы. У меня есть коллекция — моя бесценная коллекция, — которую знают все специалисты; и, говоря откровенно,

---

[1] Луристан — область в Западном Иране.

джентльмены, есть, скажем так, барахло. Отовсюду — из Индии, из Японии, с Борнео... Не имеет значения. Обычно я не устанавливаю фиксированные цены на эти предметы. Если кто-нибудь проявляет интерес, я назначаю завышенную цену, потом, естественно, снижаю ее вдвое и все равно получаю приличную прибыль! А покупаю я эти предметы у матросов — как правило, по очень низкой цене.

Месье Зеропулос перевел дух, после чего продолжил многоречивые излияния, проникшись ощущением собственной значимости и явно довольный собой.

— Эту духовую трубку и дротики я приобрел давно — года два назад. Они были выставлены вон на том блюде, вместе с ожерельем из раковин каури, индийским головным убором, деревянным идолом и жадеитовыми бусами. Никто не обращал на них никакого внимания, пока не пришел этот американец и не поинтересовался, что это такое.

— Американец? — переспросил Фурнье.

— Да-да, американец — несомненно, американец. Не самый лучший тип американца. Из тех, которые ничего не смыслят и лишь стремятся привезти домой какую-нибудь диковинку. Которые обогащают продавцов дешевых бус в Египте и скупают скарабеев, изготовленных где-нибудь в Чехословакии. Я сразу понял, что он собой представляет, и рассказал ему о нравах и обычаях некоторых племен, а также о смертельных ядах, которые они используют. Я сказал ему, что такие необычные предметы крайне редко поступают на рынок. Он спросил их цену, и я назвал ее. Она была не столь высокой, как обычно (увы, у них в разгаре депрессия!). К моему изумлению, он не стал торговаться и сразу выложил требуемую сумму. Какая жалость! Я мог бы запросить больше... Завернув трубку и дротики в бумагу, я отдал их ему, и он ушел. Вот и все. Однако, прочитав в газете об этом поразительном убийстве, я задумался, долго размышлял, а потом обратился в полицию.

— Мы очень признательны вам, месье Зеропулос, — сказал Фурнье. — Вы узнали бы эту духовую трубку и дротик? В настоящий момент они находятся в Лондоне, как вы понимаете, но вам будет предоставлена возможность опознать их.

— Трубка была вот такой длины. — Торговец раздвинул руки, показывая длину трубки. — И толщиной с эту ручку. Светлоокрашенная. К ней прилагались четыре дротика. Они представляли собой длинные заостренные шипы с обесцвеченными кончиками и легким оперением из красного шелка.

— *Красный шелк?* — неожиданно переспросил Пуаро.

— Да, месье. Вишнево-красный, немного выцветший.

— Это любопытно, — заметил Фурнье. — Вы уверены, что ни один из них не имел черно-желтого оперения?

— Черно-желтое? Нет, месье. — Грек покачал головой.

Фурнье заметил, как по лицу Пуаро скользнула удовлетворенная улыбка. Интересно, подумал он, почему: потому, что Зеропулос, по его мнению, лгал, или же существовала какая-то иная причина?

— Вполне возможно, — сказал Фурнье, — что эта духовая трубка не имеет никакого отношения к данному делу. Вероятность — примерно один шанс из пятидесяти. Тем не менее мне хотелось бы иметь как можно более подробное описание этого американца.

Зеропулос развел руками.

— Это был просто американец. Гнусавил. Не говорил по-французски. Жевал резинку. Очки в оправе из черепахового панциря. Высокий, не очень пожилой.

— Волосы светлые или темные?

— Трудно сказать. Он был в шляпе.

— Вы узнали бы его, если б увидели снова?

Лицо Зеропулоса выразило сомнение.

— Не знаю. Ко мне приходит столько американцев... Ничего примечательного или запоминающегося в нем не было.

Фурнье показал ему фотографии, но Зеропулос никого не узнал.

— По-моему, это напоминает погоню за призраком, — сказал француз, когда они вышли на улицу.

— Возможно, — согласился Пуаро. — Но я так не считаю. Ценники имели ту же форму, что и на нашей трубке; кроме того, в истории месье Зеропулоса есть несколько интересных моментов. А теперь, друг мой, после того, как мы поучаствовали в одной погоне за призраком, сделайте мне одолжение, позвольте устроить вторую.

— Где?

— На бульваре Капуцинок.

— Подождите, подождите... вы имеете в виду...

— Офис «Юниверсал эйрлайнс».

— Да-да, конечно. Но мы там уже провели опрос сотрудников. Они не смогли сообщить нам ничего интересного.

Пуаро добродушно похлопал его по плечу:

— Видите ли, друг мой, зачастую ответ зависит от вопроса. Вы не знали, какие вопросы следует задавать.

— А вы знаете?

— У меня имеется на этот счет одна идея...

Больше он ничего не сказал, и спустя некоторое время они прибыли на бульвар Капуцинок. Офис компании «Юниверсал эйрлайнс» занимал небольшое помещение. За полированным деревянным столом сидел щеголеватого вида темноволосый мужчина. Юноша лет пятнадцати что-то печатал на пишущей машинке.

Фурнье предъявил удостоверение мужчине, которого звали Жюль Перро. Тот сказал, что находится в их полном распоряжении.

По предложению Пуаро, юноша с пишущей машинкой переместился в дальний угол комнаты.

— Наш разговор носит сугубо конфиденциальный характер, — пояснил бельгиец.

Жюль Перро явно волновался.

— Я вас слушаю, месье.

— Речь идет об убийстве мадам Жизель.

— Ах, вот что... Мне кажется, я уже ответил на все вопросы по этому делу.

— Да-да, совершенно верно. Но нам необходимо знать точные факты. Когда мадам Жизель приобрела билет?

— Она забронировала место по телефону семнадцатого числа.

— На двенадцатичасовой рейс следующего дня?

— Да, месье.

— Но ее горничная утверждает, что мадам забронировала место на рейс восемь сорок пять.

— Нет-нет. Горничная просила забронировать место на рейс восемь сорок пять, но на этот рейс свободных мест уже не было, поэтому мы забронировали ей место на двенадцатичасовой рейс.

— А-а, понятно, понятно... Но все равно, это любопытно — очень любопытно...

Клерк вопросительно посмотрел на него.

— Дело в том, что мой друг в то утро неожиданно решил лететь в Англию, и самолет, вылетавший в восемь сорок пять, был наполовину пуст.

В течение нескольких минут месье Перро перебирал какие-то бумаги, затем громко высморкался.

— Вероятно, ваш друг перепутал дни. Днем раньше и днем позже...

— Нет. Это было именно в день убийства, поскольку мой друг сказал, что если б он опоздал на этот самолет — а он чуть не опоздал, — то оказался бы одним из пассажиров «Прометея».

— Да, в самом деле, очень любопытно... Конечно, иногда случается, что люди опаздывают, и тогда в самолете остаются свободные места... А иногда случаются и ошибки. Мне нужно связаться с Ле-Бурже. Они не всегда бывают точны...

Немой вопрос в глазах Пуаро, казалось, смутил Жюля Перро. Взгляд его беспокойно блуждал из стороны в сторону, на лбу выступили блестящие бисеринки.

— Два вполне возможных объяснения, — сказал сыщик. — Но они представляются мне безосновательными. Вам не кажется, что будет лучше признаться?

— В чем признаться? Я вас не понимаю.

— Бросьте. Вы меня прекрасно понимаете. Произошло убийство, месье Перро. Пожалуйста, помните об этом. Если вы что-нибудь утаите, это будет иметь для вас самые серьезные последствия. Полиции вряд ли понравится, что вы препятствуете осуществлению правосудия.

Жюль Перро смотрел на него с открытым ртом. Его руки сотрясала мелкая дрожь.

— Ну, говорите же. — В голосе Пуаро прозвучали властные нотки. — Нам нужна точная информация. Сколько вам заплатили и кто вам заплатил?

— У меня не было дурных намерений... Я не предполагал, что это имеет такое значение...

— Сколько и кто?

— П-пять тысяч франков. Я никогда не видел этого человека прежде. Я... Со мной все кончено.

— С вами будет все кончено, если вы не заговорите. Худшее мы уже знаем. А теперь расскажите в точности, что произошло.

По лбу Жюля Перро катились капли пота. Он быстро заговорил, то и дело запинаясь:

— У меня не было дурных намерений... Клянусь вам. Пришел человек и сказал, что собирается лететь в Англию на следующий день. Он собирался взять ссуду у мадам Жизель, но хотел, чтобы их встреча оказалась неожиданной для нее, поскольку в этом случае его шансы получить деньги увеличивались. Ему было известно, что она летит в Англию на следующий день. От меня требовалось сказать ей, что на самолет, вылетающий в восемь сорок пять, свободных мест нет, и продать ей билет на кресло номер два в «Прометее»... Честное слово, месье, я не заподозрил в этом ничего плохого. «Какая разница? — подумал я. — Эти американцы не могут обойтись без причуд».

— Американцы? — переспросил Фурнье.
— Да, этот человек был американец.
— Опишите его.
— Высокий, сутулый, седые волосы, очки в роговой оправе, маленькая козлиная бородка.
— Себе он забронировал место?
— Да, месье, кресло номер один — рядом с тем, которое я должен был забронировать для мадам Жизель.
— На какое имя?
— Сайлас... Сайлас Харпер.
— Среди пассажиров человек с таким именем отсутствовал, и кресло номер один осталось незанятым. — Пуаро медленно покачал головой.
— В документах это имя не значилось. Именно поэтому я и решил, что нет нужды упоминать об этом. Раз человек не поднимался на борт самолета...

Фурнье бросил на него ледяной взгляд.
— Вы скрыли от полиции ценную информацию, — сказал он. — Это очень серьезно.

Они с Пуаро вышли из офиса, оставив за дверями насмерть перепуганного Жюля Перро.

Оказавшись на улице, Фурнье снял перед своим спутником шляпу и склонил голову.

— Поздравляю вас, месье Пуаро. Что навело вас на эту мысль?

— Две отдельных фразы. Во-первых, сегодня утром в нашем самолете на пути сюда я услышал, как один из пассажиров сказал, что летел в Кройдон утром в день убийства в почти пустом самолете. Во-вторых, по словам Элизы, когда она позвонила в офис «Юниверсал эйрлайнс», ей сказали, что на утренний рейс свободных мест нет. Эти два заявления противоречили друг другу. Я вспомнил, как стюард «Прометея» говорил, что не раз видел мадам Жизель в самолете, летевшем утренним рейсом, из чего следует, что она обычно летала рейсом восемь сорок пять. *Но кому-то понадобилось, чтобы она летела двенадцатичасовым рейсом*, кому-то, кто находился на борту «Прометея». Почему клерк сказал, что все места на утренний рейс забронированы? Что это, ошибка или умышленная ложь? Я решил, что последнее... и оказался прав.

— С каждой минутой это дело представляется все более таинственным! — воскликнул Фурнье. — Сначала мы искали женщину. Теперь оказывается, это мужчина. Американец...

Он остановился и посмотрел на Пуаро. Тот едва заметно кивнул.

— Да, друг мой. Так легко быть американцем — здесь, в Париже! Гнусавый голос, жевательная резинка, маленькая козлиная бородка, очки в роговой оправе — традиционные атрибуты типичного американца...

Он достал из кармана лист, вырванный из «Скетча».

— Что это вы там рассматриваете?

— Графиню в купальном костюме.

— Вы думаете?.. Нет-нет. Такая маленькая, очаровательная, хрупкая... Она просто физически не смогла бы предстать в образе высокого сутулого американца. Да, она была актрисой, но сыграть такую роль ей явно не по силам. Нет, друг мой, это невозможно.

— Я и не говорю, что это возможно, — сказал Эркюль Пуаро.

Тем не менее он продолжал внимательно изучать фотографию на вырванном из журнала листе.

Глава 12

В Хорбери-Чейз

Двадцатисемилетний лорд Стивен Хорбери стоял у буфета и рассеянно накладывал в тарелку почки. Узкая голова, длинный подбородок — он выглядел именно таким, каким был в действительности: спортивным молодым человеком не самых блестящих умственных способностей. Он был доброжелательным, немного педантичным, верным своим принципам и невероятно упрямым.

Поставив наполненную верхом тарелку на стол, лорд принялся есть. Спустя некоторое время он раскрыл газету, но тут же, нахмурившись, отшвырнул ее в сторону. Отодвинув в сторону тарелку с недоеденными почками, выпил чашку кофе и поднялся на ноги. Постояв некоторое время в нерешительности, кивнул, вышел из столовой, пересек холл и поднялся по лестнице. На стук в дверь спустя минуту до его слуха донесся чистый, ясный голос:

— Войдите.

Лорд Хорбери вошел в комнату. Это была просторная, прекрасно отделанная спальня, обращенная окнами на юг. Сайсли Хорбери лежала на кровати — большой кровати из резного дерева елизаветинской эпохи. В своих одеждах из розового шифона, с рассыпавшимися по плечам золотистыми локонами, она выглядела чрезвычайно обворожительно. Рядом с кроватью на столике стоял поднос с остатками завтрака — бокал с недопитым апельсиновым соком, пустая кофейная чашка. Леди знакомилась с корреспонденцией, в то время как в комнате хлопотала горничная, наводя порядок.

Для любого мужчины было бы извинительно, если б при виде этой чарующей картины у него участилось дыхание, но лорда Хорбери она оставила совершенно равнодушным. Были времена, года три назад, когда умопомрачительная красота его жены приводила молодого человека в восторг. Он был страстно, безумно влюблен в нее. Все это осталось в прошлом. От своего безумия он излечился.

— В чем дело, Стивен? — удивленно спросила леди Хорбери.

— Мне нужно поговорить с вами с глазу на глаз, — резко произнес лорд.

— Мадлен, — обратилась Сайсли к горничной, — оставьте это и выйдите.

— *Trés bien*[1], миледи, — пробормотала девушка-француженка, бросила исподтишка любопытный взгляд на лорда и покинула спальню.

Дождавшись, когда за ней закрылась дверь, Стивен Хорбери заговорил:

— Я хочу знать, Сайсли, что именно стоит за вашим желанием приехать сюда.

Леди Хорбери пожала своими хрупкими прекрасными плечами.

— В конце концов, почему бы и нет?

— Почему бы и нет? Мне кажется, для этого должны быть определенные причины.

— Ах, причины... — пробормотала Сайсли.

— Да, причины. Вспомните, мы договорились — после того, что между нами произошло, —

---

[1] Очень хорошо (*фр.*).

прекратить этот фарс с совместным проживанием. Вы получили городской особняк и щедрое — более чем щедрое — содержание. Вам была предоставлена свобода действий — в определенных пределах. С чем же связано ваше столь неожиданное возвращение?

Сайси вновь пожала плечами:

— Я подумала... так будет лучше.

— Полагаю, речь идет о деньгах?

— Боже, как я ненавижу вас, — сказала леди Хорбери. — Вы — самый жадный из всех живущих на свете мужчин.

— Самый жадный? И это после того, как из-за вас, из-за вашего бездумного расточительства родовое поместье оказалось в закладе!

— Вас только и заботит ваше родовое поместье! Лошади, охота и надоедливые старые фермеры... Боже, что за жизнь для женщины!

— Некоторым женщинам такая жизнь нравится.

— Да, таким, как Венеция Керр, которая сама похожа на лошадь. Вот и женились бы на такой женщине.

Лорд Хорбери подошел к окну.

— Какой теперь смысл говорить об этом... Я женат на вас.

— И вам никуда не деться. — Сайси рассмеялась, злорадно и торжествующе. — Вы хотели бы избавиться от меня, но у вас ничего не выйдет.

— Стоит ли снова возвращаться к этому?

— Бог и старая добрая Англия... Мои друзья животы надрывают от смеха, когда я рассказываю им, о чем вы ведете разговоры.

— Пусть смеются сколько им влезет. Может быть, мы все-таки выясним, что побудило вас приехать сюда?

Но у Сайсли не было ни малейшего желания заниматься этим выяснением.

— Вы указали в документах, что не будете нести ответственность за мои долги. Считаете, это по-джентльменски?

— Сожалею, что был вынужден пойти на этот шаг. Вспомните, я предупреждал вас. Уже дважды мне приходилось оплачивать ваши долги. Всему есть предел. Ваша неуемная страсть к игре... да что говорить об этом! И все же я желаю знать, что привело вас в Хорбери. Вы всегда ненавидели это место и скучали здесь.

— Я подумала, так будет лучше, — угрюмо произнесла Сайсли Хорбери. — Именно сейчас.

— Лучше... именно сейчас? — переспросил Стивен. — Сайсли, вы занимали деньги у этой старой французской ростовщицы?

— Я не понимаю, кого вы имеете в виду.

— Вы прекрасно понимаете, кого я имею в виду. Я имею в виду женщину, убитую в самолете, летевшем из Парижа, на котором вы возвращались домой. Вы занимали у нее деньги?

— Конечно же нет. Что за фантазии!

— Послушайте, Сайсли, шутки в сторону. Если вы действительно занимали деньги у этой женщины, лучше скажите мне сразу. Помните, дело еще не закончено. Вердикт судебного следствия гласит: умышленное убийство, совершенное неизвестным лицом или лицами. Полицейские двух стран ведут расследование. Рано или поздно они установят истину. Эта женщина наверняка вела записи о своих сделках. Мы должны быть готовы к тому, что ваши финансовые отношения с ней станут достоянием гласности. Нам следует обратиться за консультацией к Фаулксу и Уилбрэхэму.

«Фаулкс, Фаулкс, Уилбрэхэм и Фаулкс» была адвокатской конторой, на протяжении нескольких поколений занимавшаяся делами семейства Хорбери.

— Разве я не дала показания в этом проклятом суде и не сказала, что никогда не слышала об этой женщине?

— Не думаю, чтобы это что-то доказывало, — сухо произнес Стивен. — Повторяю, если вы все же имели дело с мадам Жизель, можете быть уверены, полиция обязательно выяснит это.

Сайсли внезапно привстала и села в постели. Ее лицо исказила гримаса ярости.

— Может быть, вы думаете, что это я убила ее — встала с кресла и выпустила в нее стрелу из духовой трубки? Это безумие!

— Вся эта ситуация представляется чистым безумием, — задумчиво произнес Стивен. — Но я хочу, чтобы вы осознали, в каком положении оказались.

— А в каком таком положении я оказалась? Вы не верите ни единому моему слову... Это невыносимо! И что это вы вдруг прониклись такой заботой обо мне? Вам же нет до меня никакого дела. Вы меня не любите. Вы меня ненавидите. Вы были бы рады, если б я умерла завтра. К чему это притворство?

— Вам не кажется, что вы несколько преувеличиваете? Можете считать меня старомодным, но я забочусь о чести рода. У вас, вероятно, подобные сантименты вызывают презрение. И тем не менее...

Резко повернувшись на каблуках, Стивен вышел из комнаты. В висках у него ритмично стучали молоточки пульса.

«Не люблю? Ненавижу? Да, пожалуй, это правда. Был бы я рад, если бы она умерла завтра? О боже, да! Я бы ощущал себя человеком, освободившимся из тюрьмы. Что за странная штука эта жизнь! Когда я впервые увидел ее в «Сделай это сейчас», каким чудесным ребенком она мне показалась! Такая милая, такая красивая... Молодой идиот! Я был от нее без ума... Она казалась воплощением всего самого чистого и светлого, а в действительности всегда была вульгарной, порочной, злобной, безмозглой... Сейчас я даже не в состоянии увидеть ее красоту».

Стивен свистнул, и к нему подбежал спаниель, глядя на него глазами, полными обожания.

— Старая добрая Бетси, — сказал он и ласково погладил собаку.

«Странно, что недостойных женщин пренебрежительно называют суками, — подумал он. — Такая сука, как ты, Бетси, лучше почти всех женщин, которых я когда-либо встречал».

Нахлобучив на голову старую шляпу, лорд вышел из дома в сопровождении пса. Обходя свое поместье, он пытался успокоить расшатанные нервы. Перекинувшись парой слов с грумом и потрепав по шее свою любимую лошадь, Стивен отправился на ферму, где переговорил с женой фермера. На обратном пути, в узкой аллее, навстречу ему попалась Венеция Керр на гнедой кобыле.

В седле Венеция выглядела неотразимой. Лорд Хорбери смотрел на нее с восхищением, нежностью и странным чувством возвращения домой.

— Привет, Венеция, — поприветствовал он ее.

— Привет, Стивен.

— Катаетесь?

— Да. Лошадь просто великолепна, не правда ли?

— Первый класс. А вы видели моего двухлетнего жеребца, которого я купил на торгах в Четтисли?

В течение нескольких минут они беседовали о лошадях.

— Между прочим, Сайсли находится здесь.

— В Хорбери? — Как ни старалась Венеция скрыть свое удивление, ей это не удалось.

— Да. Приехала вчера вечером.

Возникла пауза.

— Вы присутствовали в суде, Венеция, — нарушил молчание Стивен. — Как... как это все происходило?

Ответ последовал не сразу.

— Никто ничего особенного не сказал, если вы понимаете, что я имею в виду.

— Полицейские не говорили, что им удалось выяснить?

— Нет.

— Для вас это, наверное, было не очень приятное испытание.

— Да, удовольствия мне все это не доставило. Но ничего страшного не произошло. Коронер вел себя вполне прилично.

Стивен машинально хлестнул стеком по живой изгороди.

— Послушайте, Венеция, у вас есть какие-нибудь предположения по поводу того, кто это сделал?

Венеция Керр медленно покачала головой:

— Нет.

С минуту она молчала, размышляя о чем-то, затем рассмеялась:

— Во всяком случае, это не Сайсли и не я. Это мне известно доподлинно. Она заметила бы меня, а я заметила бы ее.

Стивен тоже рассмеялся:

— Тогда всё в порядке.

Он воспринял это как шутку, но она услышала в его голосе облегчение. Стало быть, он думал...

— Венеция, — сказал Стивен, — мы знакомы с вами много лет, не так ли?

— Да, в самом деле. Помните эти ужасные занятия в танцевальном классе, на которые мы вместе ходили, будучи детьми?

— Как не помнить! Мне кажется, я могу задать вам один вопрос...

— Конечно, можете.

Немного поколебавшись, она спросила, стараясь говорить как можно более безразличным тоном:

— По поводу Сайсли, я полагаю?

— Да. Послушайте, Венеция, имела ли дело Сайсли с этой самой мадам Жизель?

— Не знаю, — медленно произнесла Венеция. — Не забывайте, я была на юге Франции и пока не слышала сплетен из Ле-Пине.

— Ну а как вы думаете?

— Говоря откровенно, я не удивилась бы.

Стивен медленно кивнул.

— Стоит ли вам беспокоиться из-за этого? Вы живете каждый своей жизнью, не так ли? Это ее проблема, а не ваша.

— Пока наш брак не расторгнут, это и моя проблема тоже.

— А вы не могли бы... дать согласие на развод?

— Сомневаюсь, что она даст согласие.

— Вы развелись бы с нею, будь у вас такая возможность?

— Вне всякого сомнения.

— Полагаю, — задумчиво произнесла Венеция, — ей известно об этом.

— Да.

Последовало молчание.

«Женщина с моралью кошки! — думала Венеция. — Уж я-то знаю ей цену. Но она хитра и осторожна...»

— И нет никакого выхода? — спросила она вслух.

Стивен покачал головой.

— Если бы я был свободен, Венеция, вы вышли бы за меня замуж? — спросил он.

Устремив взгляд в пространство между ушей своей лошади, Венеция произнесла тоном, который она постаралась лишить всяких эмоций:

— Вероятно, вышла бы.

Стивен! Она всегда любила его — с тех самых пор, когда они занимались танцами. И она нравилась Стивену — однако недостаточно сильно, чтобы это помешало ему безумно влюбиться в хитрую, расчетливую кошку...

— Как замечательно мы могли бы жить вместе... — мечтательно произнес Стивен.

Перед его мысленным взором проносились картины: охота, чаепитие с булочками, покрытая листьями сырая земля, дети... Все то, что Сайсли никогда не разделяла с ним и отказывалась ему давать. Перед его глазами словно опустилась пелена тумана. И тут до его слуха донесся все тот же подчеркнуто бесстрастный голос Венеции:

— Стивен, если б мы... уехали вместе, Сайсли пришлось бы развестись с вами.

Он резко оборвал ее:

— Господи! Неужели вы думаете, что я позволил бы себе пойти на это?

— Мне все равно.

— А мне — нет.

Его тон был категоричен.

«Ну вот, — подумала Венеция. — Какая жалость! Он напичкан предрассудками — но тем не менее очень мил. И мне не хотелось бы, чтобы он был другим».

— Ну ладно, Стивен, — сказала она вслух, — я поеду.

Венеция слегка коснулась крупа лошади каблуками. Когда она обернулась, чтобы попрощаться, ее глаза выразили все, что так тщательно скрывал ее язык.

Завернув за угол аллеи, она выронила хлыст. Проходивший мимо мужчина поднял его и с поклоном вернул ей.

«Иностранец, — подумала Венеция, поблагодарив мужчину. — Кажется, я уже где-то видела это лицо...» Она принялась перебирать в памяти события своего летнего отдыха в Жуан-ле-Пин, одновременно думая о Стивене.

Только когда Венеция уже достигла своего дома, в ее полусонном сознании внезапно вспыхнуло воспоминание.

Маленький человек, уступивший мне место в самолете. В суде говорили, что он детектив. И за этим тут же последовала другая мысль: *что он здесь делает?*

Глава 13

У Антуана

Джейн вышла на работу на следующий день после судебного следствия, испытывая душевный трепет.

Человек, называвший себя месье Антуаном, чье настоящее имя было Эндрю Лич и чьи претензии на иностранное происхождение основывались исключительно на принадлежности его матери к еврейской нации, встретил ее хмурым выражением лица, не сулившим ей ничего хорошего.

У него давно вошло в привычку говорить в здании на Брутон-стрит на ломаном английском.

Он обругал Джейн полной идиоткой. Почему она решила лететь на самолете? Что за безумная идея! Эта история может причинить его заведению непоправимый ущерб!

Дав выход накопившемуся раздражению, он позволил Джейн удалиться. Выходя из кабинета, она увидела, как ее подруга Глэдис подмигнула ей.

Глэдис была заносчивой эфемерной блондинкой, говорившей с начальством едва слышным, манерным голосом. В частной жизни она любила пошутить, и при этом в ее голосе появлялась хрипотца.

— Не волнуйся, моя дорогая, — сказала она Джейн, — старый осел сидит и наблюдает за котом, пытаясь угадать, в какую сторону тот прыгнет. И я уверена, кот прыгнет не в ту сторону, в какую он думает... Ой-ой-ой, идет моя старая дьяволица, черт бы ее подрал! Небось, как всегда, злая, словно мегера. Надеюсь, она не притащила с собой свою проклятую собачонку.

В следующую секунду Глэдис уже говорила едва слышным, манерным голосом:

— Доброе утро, мадам. Ваш милый, славный пекинес с вами? Я сейчас помою голову миссис Генри шампунем, и все будет готово.

Джейн вошла в соседнюю кабинку, где в кресле сидела женщина с волосами, окрашенными хной, и изучала свое отражение в зеркале.

— Дорогая, — сказала она, обращаясь к располагавшейся по соседству подруге, — я выгляжу сегодня просто ужасно...

— Вы так считаете, дорогая? — безучастно отозвалась подруга, лениво листавшая «Скетч» трехнедельной давности. — Мне кажется, вы выглядите сегодня так же, как и всегда.

При виде Джейн скучавшая подруга отложила журнал в сторону и воззрилась на девушку.

— В самом деле, дорогая, — сказала она, — вы в полном порядке, можете не беспокоиться.

— Доброе утро, мадам, — произнесла Джейн с той беспечной живостью, которую от нее ждали и которую она воспроизводила автоматически, не прилагая к этому ни малейших усилий. — Давненько мы вас не видели. Вероятно, ездили за границу?

— В Антиб, — сказала женщина с волосами, окрашенными хной, которая тоже смотрела на Джейн с откровенным интересом.

— Как славно! — воскликнула девушка с фальшивым восторгом. — Что у нас сегодня — мытье шампунем или окраска?

Женщина моментально отвела от нее взгляд и, наклонившись вперед, принялась внимательно изучать свои волосы.

— Думаю, неделю еще прохожу... О господи, какое же я все-таки страшилище!

— Дорогая, ну что вы хотите увидеть в зеркале в столь ранний час? — попыталась успокоить ее подруга.

— Дождитесь, когда мистер Жорж закончит заниматься вами, — сказала Джейн.

— Скажите, — спросила женщина, вновь устремив на нее взгляд, — это вы вчера давали показания во время судебного следствия?

— Да, мадам.

— Ужасно интересно! Расскажите, что там случилось.

Джейн приложила все усилия, чтобы удовлетворить интерес клиентки.

— Это действительно жуткая история, мадам...

Она принялась рассказывать, время от времени отвечая на вопросы. Как выглядела погибшая женщина? Правда ли, что на борту находились два французских детектива и что это дело каким-то образом связано со скандалами в правительстве Франции? Летела ли этим самолетом леди Хорбери? Действительно ли она так хороша собой, как об этом все говорят? Кто, по мнению Джейн, совершил убийство? Говорят, это дело пытаются замолчать в интересах правительства, и так далее...

Это испытание было лишь прелюдией к множеству других подобных. Все клиентки желали обслуживаться у «девушки, которая была в том самолете», а потом рассказывали своим подругам:

«Представляете, помощница моего парикмахера оказалась той самой девушкой... На вашем месте я сходила бы туда — там вас очень хорошо причешут... Ее зовут Жанна... невысокая, с большими глазами. Она вам расскажет все, если вы хорошо попросите...»

К концу недели Джейн чувствовала, что ее нервы на пределе. Иногда казалось, что, если ее еще раз попросят рассказать о воздушном происшествии, она набросится на клиентку и треснет ее феном.

Однако, в конце концов, было найдено более мирное решение этой психологической проблемы. Джейн набралась смелости, подошла к месье Антуану и потребовала — в качестве компенсации морального ущерба — повышения зарплаты.

— Какая наглость предъявлять мне подобное требование! Я исключительно по доброте душевной держу вас здесь после того, как вы оказались замешанной в этой истории с убийством. Многие другие на моем месте, не столь добросердечные, как я, уволили бы вас незамедлительно.

— Это чушь, — холодно произнесла Джейн. — Я привлекаю клиентов в ваше заведение, и вам известно об этом. Хотите, чтобы я ушла, — пожалуйста. Я легко получу нужное мне жалованье в «У Анри» или в «Мезон Рише».

— И как люди узнают, что вы ушли туда? В конце концов, что вы собой представляете?

— Вчера, во время судебного следствия, я познакомилась с несколькими репортерами, — сказала Джейн. — Один из них вполне может позаботиться о том, чтобы публике стало известно о моем переходе на другую работу.

Опасаясь, что это правда, месье Антуан с большой неохотой согласился поднять Джейн зарплату. Глэдис от души поздравила подругу.

— В этот раз ты уделала Айки[1] Эндрю, — сказала она. — Если девушка не может постоять за себя, ее остается только пожалеть... Ты была просто восхитительна!

— Да, я могу постоять за себя, — отозвалась Джейн, с вызовом подняв голову. — Всю жизнь мне приходится отстаивать свои интересы.

— Да, это нелегко, — сказала Глэдис. — Но с Айки Эндрю нужно быть потверже. Теперь, после того, что произошло, он проникнется к тебе еще большей симпатией. Кротость не приносит в жизни ничего хорошего — к счастью, нам обеим она не грозит.

Постепенно рассказ Джейн, повторяемый изо дня в день с небольшими вариациями, превратился в часть ее обязанностей — в роль, которую она была вынуждена играть на своем рабочем месте.

---
[1] Айки — презрительное наименование евреев в Британии.

Норман Гейл, как и обещал, пригласил ее в театр, а затем — на ужин. Это был один из тех очаровательных вечеров, когда каждое слово, каждое откровение выявляет взаимную симпатию и общность вкусов.

Они оба любили собак и не любили кошек. Они оба терпеть не могли устриц и наслаждались копченой лососиной. Им обоим нравилась Грета Гарбо и не нравилась Кэтрин Хэпберн. Они оба не любили полных женщин и слишком яркий красный лак для ногтей. Им обоим не нравились шумные рестораны и негры. Они оба отдавали предпочтение автобусу по сравнению с метро.

Казалось поразительным, что два человека имеют столько общего.

Однажды в салоне у Антуана, открывая сумочку, Джейн выронила письмо Нормана. Когда она подняла его, слегка зардевшись, к ней приблизилась Глэдис.

— От кого письмо, от друга? Кто он?

— Не понимаю, о чем ты, — ответила Джейн, еще больше заливаясь краской.

— Прекрати! Я знаю, что это письмо не от двоюродного дедушки твоей матери. Я не вчера родилась. Кто он, Джейн?

— Ну... один человек... Мы с ним познакомились в Ле-Пине. Он стоматолог.

— Стоматолог, — презрительно процедила Глэдис. — Наверное, у него очень белые зубы и ослепительная улыбка.

Джейн была вынуждена признаться, что это действительно так.

— У него загорелое лицо и голубые глаза.

— Загорелое лицо может быть у кого угодно — достаточно позагорать на пляже или намазаться специальным кремом. *Симпатичные мужчины всегда немного загорелы*. Голубые глаза — это хорошо. Но стоматолог!.. Если он решит тебя поцеловать, ты сразу подумаешь: «А вот сейчас он скажет: «Пожалуйста, откройте шире рот»...

— Не говори глупости, Глэдис.

— Не нужно быть такой раздражительной. Я вижу, ты принимаешь это близко к сердцу. Да, мистер Генри, я иду... Проклятый Генри! Думает, будто он Господь Всемогущий и может помыкать нами, как ему заблагорассудится!

Письмо содержало приглашение поужинать в субботу вечером. Когда в субботу днем Джейн получила свою повышенную зарплату, ее душа ликовала.

Подумать только, говорила она себе, как я переживала тогда, в самолете. Все вышло как нельзя лучше... Воистину, жизнь прекрасна и удивительна.

Чувства переполняли ее, и она решила позволить себе небольшое расточительство: съесть ланч в «Корнер-хаус» под аккомпанемент музыки.

Она расположилась за столиком на четверых, за которым уже сидели женщина средних лет и молодой человек. Женщина заканчивала свой ланч. В скором времени она попросила счет, собрала множество пакетов и свертков и удалилась.

Джейн, по своему обыкновению, за едой читала книгу. Переворачивая страницу, она подняла голову и увидела, что сидевший напротив молодой человек пристально смотрит на нее. Его лицо показалось ей знакомым.

Встретившись с ней взглядом, молодой человек поклонился.

— Прошу прощения, мадемуазель. Вы меня не узнаете?

Джейн пригляделась к нему внимательнее: светлые волосы, мальчишеское лицо, обязанное своей привлекательностью в большей степени живости выражения, нежели какой-либо реальной претензии на красоту.

— Да, мы не были представлены друг другу, — продолжал молодой человек, — но вместе давали показания в коронерском суде.

— Да-да, конечно, — сказала Джейн. — Я смотрю, ваше лицо мне как будто знакомо. Вас зовут...

— Жан Дюпон, — подсказал молодой человек, снова церемонно поклонившись.

Ей вдруг вспомнилось одно из изречений Глэдис, не отличавшейся излишней деликатностью:

«Если за тобой ухаживает один парень, то наверняка будет и другой. Закон природы. Иногда их бывает трое или четверо».

Джейн вела простую, скромную жизнь, отдавая много сил работе (как в описании пропавшей девушки, объявленной в розыск: «Веселая, жизнерадостная девушка, не имеющая друзей-мужчин... и т. д.). Она была именно такой «веселой, жизнерадостной девушкой, не имеющей друзей-мужчин». Теперь, похоже, в друзьях-мужчинах недостатка у нее не было. Лицо Жана Дюпона выражало нечто большее, чем просто вежливый интерес. Он не просто испытывал удовольствие от общения с ней, а наслаждался им.

Француз, подумала Джейн, а с ними, говорят, нужно держать ухо востро.

— Значит, вы все еще в Англии, — сказала Джейн и тут же мысленно обругала себя за это откровенно глупое замечание.

— Да. Отец ездил в Эдинбург читать лекции, а теперь мы гостим здесь у друзей. Однако завтра возвращаемся во Францию.

— Понятно.

— Полиция еще никого не арестовала? — спросил Жан Дюпон.

— Нет, в газетах ничего об этом не пишут. Вероятно, они оставили это дело.

Француз покачал головой:

— Нет, они это дело не оставят. Просто работают тихо. — Он сделал выразительный жест. — В потемках.

— У меня от ваших слов мурашки бегут по телу, — сказала Джейн.

— Да, не очень приятно сознавать, что рядом с тобой было совершено убийство...

Немного помолчав, он добавил:

— А я находился ближе к этому месту, чем вы. Совсем близко. Порой мне неприятно думать об этом...

— Кто, по-вашему, сделал это? — спросила Джейн. — Я все ломаю голову.

Жан Дюпон пожал плечами:

— Во всяком случае, не я. Она была слишком уродлива!

— Я полагаю, вы скорее убили бы уродливую женщину, чем симпатичную, не правда ли?

— Вовсе нет. Если женщина симпатична, вы влюбляетесь в нее... она играет вами, вызывает у вас ревность. «Хорошо, — говорите вы, — я убью ее, и это принесет мне удовлетворение».

— И это может принести удовлетворение?

— Не знаю, мадемуазель. Я пока еще не пробовал. — Он рассмеялся и покачал головой. — Но старая, уродливая женщина, вроде этой мадам Жизель, кому захотелось бы убивать ее?

— Все зависит от того, с какой точки зрения на это смотреть, — сказала Джейн, нахмурившись. —

А если представить, что когда-то она была молода и красива?

— Я понимаю... — Он неожиданно посерьезнел. — Старение женщины — подлинная трагедия ее жизни.

— Похоже, вы много думаете о женщинах и их внешности, — заметила Джейн.

— Разумеется. Это самая интересная тема для размышлений. Вам это кажется странным, поскольку вы англичанка. Англичанин думает в первую очередь о своей работе, затем о спорте и только потом о своей жене. Да-да, это действительно так. Представьте, в одном маленьком отеле в Сирии останавливается англичанин с женой. Жена неожиданно заболевает, а ему нужно быть в определенный день в определенном месте в Ираке. *Eh bien,* что же он делает? Оставляет жену в отеле и едет к месту назначения, чтобы «выполнить работу в срок». И они оба считают это вполне естественным. Они оба считают, что он поступил благородно и самоотверженно. Но доктор, который не является англичанином, считает его варваром. Жена — человеческое существо и имеет гораздо большее значение, чем работа.

— Не знаю, — сказала Джейн. — По-моему, работа должна быть на первом месте.

— Но почему?.. Вот видите, вы тоже придерживаетесь этого мнения. Выполняя работу, человек зарабатывает деньги, а заботясь о женщине, он тратит их — стало быть, второе гораздо более благородно, чем первое.

Джейн рассмеялась.

— Ну ладно, — сказала она. — Я предпочла бы, чтобы ко мне относились как к предмету роскоши, а не как к объекту Первой Обязанности. Чтобы мужчина испытывал удовольствие, заботясь обо мне, а не чувствовал, что исполняет обязанность.

— Я уверен, ни один мужчина не чувствовал бы, что исполняет обязанность, заботясь о вас.

Молодой человек произнес эти слова настолько серьезно, что Джейн слегка покраснела.

— До этого я был в Англии лишь однажды, — продолжал он, — и мне было чрезвычайно интересно наблюдать во время... судебного следствия, так, кажется, это называется? — за тремя молодыми очаровательными женщинами, столь разными, столь не похожими друг на друга.

— И что вы о нас думали? — поинтересовалась Джейн, не скрывая любопытства.

— Если говорить о леди Хорбери, женщины этого типа мне хорошо известны — чрезвычайно экстравагантные и очень, очень дорогие. Такую женщину можно увидеть сидящей за столом, где играют в баккара — с жестким выражением на лице с мягкими чертами, — и вы можете легко представить, как она будет выглядеть, скажем, лет через пятнадцать. Она живет острыми ощущениями, азартом, возможно, наркотиками... *Au fond*[1] она не представляет интереса.

— А мисс Керр?

— О, это истинная англичанка. Она относится к тому типу, представительницы которого пользуются абсолютным доверием лавочников с Ривьеры. Ее одежда прекрасно скроена, но напоминает мужскую. Она шествует с таким видом, будто ей принадлежит весь мир. В ней нет никакого самодовольства — просто она англичанка. Она знает, из какой области Англии приехали те или иные люди. В самом деле. Я сталкивался с такими в Египте. «Что? А эти здесь? Те, что из Йоркшира? А эти из Шропшира».

Он смешно передразнил протяжное произношение, свойственное аристократам. Джейн рассмеялась от души.

— А теперь моя очередь, — сказала она.

— А теперь ваша очередь. Я говорил себе: «Как было бы здорово увидеть ее однажды еще раз...» И вот мы с вами сидим за одним столом. Иногда Божий промысел оказывается чрезвычайно удачным.

— Вы ведь археолог, не так ли? Занимаетесь раскопками? — спросила Джейн.

---

[1] По своей сути (*фр.*).

Она с интересом выслушала рассказ Жана Дюпона о его работе и, когда он замолчал, сказала со вздохом:

— Вы побывали в стольких странах, так много всего видели... Как это замечательно! А я уже никуда не поеду и ничего не увижу.

— Если вы будете вести подобную жизнь — ездить за границу, посещать отдаленные уголки мира, — у вас не будет возможности завивать волосы.

— Они у меня вьются сами собой, — со смехом сказала Джейн.

Взглянув на часы, она подозвала официанта, чтобы оплатить счет.

— Мадемуазель, — произнес Жан Дюпон, заметно смущаясь, — завтра я возвращаюсь во Францию, как уже говорил. Не согласились бы вы поужинать со мной сегодня вечером?

— К сожалению, это невозможно. Я уже приглашена сегодня на ужин.

— Ах, какая жалость... Вы не собираетесь в ближайшее время опять в Париж?

— Да вроде нет.

— И я не знаю, когда в следующий раз приеду в Лондон! Разве это не печально?

Молодой археолог взял Джейн за руку.

— Я все же очень надеюсь встретиться с вами снова, — сказал он, и его слова прозвучали вполне искренне.

Глава 14

На Масуэлл-Хилл

В то самое время, когда Джейн покидала заведение Антуана, Норман Гейл занимался с очередной пациенткой.

— Потерпите немного... Если будет слишком больно, сразу говорите.

Бормашина вновь зажужжала в его умелых руках.

— Ну вот и всё. Раствор готов, мисс Росс?

Стоявшая рядом с креслом у столика ассистентка кивнула.

— Так, давайте подумаем, когда вы сможете прийти в следующий раз... — сказал врач, завершив операцию по установке пломбы. — Вторник вас устроит?

Прополоскав рот, пациентка принялась многословно объяснять, что она, к огромному сожалению, уезжает и вынуждена перенести следующий визит на неопределенное время. Она непременно даст ему знать о своем возвращении.

Сказав все это, женщина поспешила покинуть стоматологический кабинет.

— На сегодня все, — сказал Гейл.

— Звонила леди Хиггинсон, — сказала мисс Росс, — и сообщила, что вынуждена отменить свой визит на следующей неделе. Да и полковник Блант не сможет прийти в четверг.

Норман Гейл кивнул. Его лицо помрачнело.

Каждый день было одно и то же. Пациенты звонили и отменяли визиты. Причины назывались самые разные — чрезмерная занятость, отъезд, простуда...

Что бы они ни говорили, истинную причину Норман безошибочно прочитал в глазах последней пациентки, когда потянулся за бормашиной: страх. Он мог бы записать мысли женщины на бумаге: «О боже, ведь он был на борту самолета, где убили женщину... Возможно, он один из тех, кто время от времени теряет рассудок и совершает самые бессмысленные преступления. А может быть, он просто маньяк. Во всяком случае, этот человек представляет опасность. Говорят, маньяки внешне ничем не отличаются от обычных людей... Мне всегда казалось, что у него какой-то странный взгляд...»

— Ну что же, похоже, нас ждет спокойная неделя, мисс Росс, — сказал Гейл.

— Да, кое-кто отказался от наших услуг. Но ничего, пациентов у нас вполне достаточно. К тому же в начале лета у вас было слишком много работы.

— Судя по всему, осенью мне не придется работать слишком много, вам не кажется?

Мисс Росс ничего не ответила. От этой необходимости ее избавил телефонный звонок. Она вышла из кабинета, чтобы ответить на него.

Бросив инструменты в стерилизатор, Норман погрузился в размышления. «Итак, что мы имеем? В профессиональном плане эта история нанесла мне непоправимый ущерб. Забавно, но Джейн она пошла только на пользу... Люди приходят в парикмахерскую специально, чтобы поглазеть на нее. На меня же они *вынуждены* глазеть, и это им не нравится! В стоматологическом кресле человек чувствует себя беспомощным. А что, если врач решит напасть...

Какое странное убийство! Казалось бы, очевидный, однозначный факт — однако нет, все не так просто. Оно имеет такие последствия, о каких вы никогда не подумали бы... Вернемся к фактам. В профессиональном плане мои перспективы весьма плачевны. Интересно, что будет, если они арестуют эту леди Хорбери? Вернутся ли ко мне пациенты? Трудно сказать. Раз завелся червячок сомнения... Какое это имеет значение? Мне безразлично. Да нет, не безразлично — из-за Джейн... Удивительная девушка. Меня тянет к ней, но я ничего не могу сделать — пока... Вот досада!»

Норман улыбнулся. «Да ладно, все будет в порядке! Кажется, она проявляет ко мне интерес и сможет подождать... Черт возьми, я поеду в Канаду — да, точно — и заработаю там денег».

Он рассмеялся про себя.

Мисс Росс вернулась в кабинет.

— Это миссис Лорри. Она извиняется...

— ...поскольку уезжает в Тимбукту, — закончил за нее фразу Норман. — *Vive les rats!*[1] Видимо, вам придется искать себе другую работу, мисс Росс. Этот корабль, судя по всему, идет ко дну.

— Что вы, мистер Гейл, у меня и в мыслях нет оставить вас...

— Вы молодец. Совсем не похожи на крысу. Но я серьезно. Если не произойдет что-то, что исправит эту ситуацию, мое дело плохо.

— Но ведь можно что-то предпринять, чтобы исправить ее! — воскликнула мисс Росс. — По-моему, полицейские ведут себя просто постыдно. Даже *не пытаются* выяснить, кто совершил это преступление.

Норман рассмеялся:

— Думаю, они как раз пытаются.

— Кто-нибудь должен что-нибудь делать...

— Совершенно верно. Я сам попытался бы что-нибудь сделать, если б знал, что.

— Но ведь вы такой умный человек, мистер Гейл!

«Для этой девочки я герой, — думал Норман Гейл. — Она хочет мне помочь в моем расследовании, но у меня имеется другой потенциальный партнер».

В тот самый вечер он ужинал с Джейн. Почти неосознанно Норман делал вид, будто у него хоро-

---

[1] Да здравствуют крысы! (*фр.*)

шее настроение, но проницательную Джейн было трудно провести. Она видела, что временами им овладевает рассеянность, а также заметила, как он то и дело непроизвольно хмурится и поджимает губы.

— Что, плохи дела, Норман? — наконец спросила она.

Он бросил на нее быстрый взгляд и тут же отвел глаза в сторону.

— Скажем так, не слишком хороши. Сейчас не сезон.

— Не говорите глупости! — резко произнесла Джейн.

— Джейн!

— Неужели вы думаете, что я не вижу, как вы встревожены?

— Я вовсе не встревожен. Просто раздражен.

— Вы хотите сказать, люди боятся...

— Лечить зубы у вероятного убийцы? Именно так.

— Как это несправедливо!

— Согласен, несправедливо. Поскольку, говоря откровенно, Джейн, я очень неплохой стоматолог. И я не убийца.

— Это нельзя оставлять так. Нужно что-то делать.

— То же самое сказала сегодня утром мисс Росс, моя ассистентка.

— Какая она из себя?

— Мисс Росс?
— Да.
— Даже не знаю. Огромная, костистая, нос с горбинкой... очень толковая.
— Весьма лестная характеристика, — снисходительно заметила Джейн.

Норман совершенно справедливо воспринял это как дань своей дипломатичности. В действительности фигура мисс Росс отнюдь не выглядела столь устрашающей, как следовало из данного им описания, а ее лицо с копной рыжих волос и вовсе было чрезвычайно привлекательным, но он — что вполне объяснимо — не хотел упоминать об этом.

— Я хотел бы сделать *что-нибудь*. Будь я персонажем детективного романа, то, наверное, стал бы искать улики или за кем-нибудь следить.

Неожиданно Джейн потянула его за рукав.

— Послушайте, здесь, в этом зале, находится мистер Клэнси — ну, этот писатель. Он сидит один, за столиком у стены. Мы могли бы проследить за ним.

— Но мы ведь собирались пойти в кино?

— Бог с ним, с кино. Мне кажется, в этом есть смысл. Вы сказали, что хотели бы проследить за кем-нибудь, вот вам и кандидатура. Никто ничего не знает; может быть, нам удастся что-то выяснить.

Энтузиазм Джейн был заразителен. Норман довольно быстро согласился с ней.

— Как вы говорите, никто ничего не знает, — сказал он. — Где он? Я его не вижу, а поворачивать голову и смотреть на него в упор не хочется.

— Он сидит примерно на одном уровне с нами, — отозвалась Джейн. — Нам нужно поторопиться с ужином и оплатить счет, чтобы быть готовыми пойти за ним, когда он закончит и пойдет к выходу.

Они принялись осуществлять этот план. Когда мистер Клэнси поднялся из-за столика и вышел на Дин-стрит, они последовали за ним, едва не наступая ему на пятки.

— На тот случай, если он возьмет такси, — объяснила Джейн столь близкую дистанцию.

Однако мистер Клэнси не стал брать такси. С перекинутым через руку пальто (полы которого, вследствие невысокого роста его владельца, волочились по асфальту) он семенил по лондонским улицам. Темп его движения постоянно менялся. Временами он переходил на рысцу, временами резко замедлял шаг, а однажды застыл на месте у перекрестка с занесенной над бордюром ногой — как на кинопленке с замедленной съемкой.

Маршрут его перемещений тоже казался беспорядочным. Однажды он сделал столько поворотов под прямым углом, что дважды пересек одни и те же улицы.

В Джейн проснулся охотничий инстинкт.

— Видите? — взволнованно произнесла она. — Он явно опасается, что за ним следят, и пытается сбить преследователей со следа.

— Вы так думаете?

— Конечно. Иначе зачем ему ходить кругами?

— Да, похоже на то.

Они завернули за угол и чуть не натолкнулись на своего подопечного. Он стоял и рассматривал витрину лавки мясника. Лавка была закрыта, но внимание мистера Клэнси, очевидно, привлекло нечто, происходившее на втором этаже здания.

— Замечательно, — произнес он вслух. — То, что нужно. Вот это удача!

Вытащив из кармана блокнот, писатель сделал запись, после чего двинулся быстрым шагом дальше, напевая себе под нос какую-то мелодию.

Теперь мистер Клэнси определенно направлялся в сторону Блумсбери. Когда он поворачивал голову в сторону, его преследователи видели, как у него шевелятся губы.

— Он чем-то сильно озабочен, — заметила Джейн. — Разговаривает сам с собой, не замечая этого.

Когда он остановился на перекрестке в ожидании зеленого света, они поравнялись с ним.

Мистер Клэнси действительно разговаривал сам с собой. Его бледное лицо было напряжено. Норман и Джейн разобрали несколько произнесенных им слов:

— Почему она не говорит? Почему? Должна быть *причина*...

Светофор зажегся зеленым. Когда они перешли на другую сторону улицы, мистер Клэнси произнес:

— Теперь я понимаю. Конечно. Вот почему ее заставят молчать!

Джейн с силой ущипнула Нормана за руку.

Мистер Клэнси пошел вперед быстрым шагом, волоча за собой пальто и явно не замечая мужчину и женщину, следовавших за ним по пятам.

Наконец он остановился перед дверью одного из домов, открыл замок ключом и вошел внутрь.

Норман и Джейн переглянулись.

— Это его собственный дом, — сказал Норман. — Кардингтон-сквер, сорок семь. Этот адрес он сообщил во время судебного следствия.

— Возможно, через некоторое время он выйдет. И, как бы то ни было, мы *кое-что* слышали. Кого-то — женщину — заставят молчать, а какая-то другая женщина не хочет говорить... О боже, как это напоминает детективный роман!

В этот момент из темноты донесся голос:

— Добрый вечер.

Обладатель голоса выступил вперед. В свете уличного фонаря молодые люди увидели аккуратно постриженные черные усы.

— *Eh bien*, — произнес Эркюль Пуаро. — Чудесный вечер для погони, не правда ли?

Глава 15

В Блумсбери

Первым пришел в себя Норман Гейл.

— Ну, конечно, — сказал он, — это месье... месье Пуаро. Вы все еще пытаетесь реабилитировать себя?

— А-а, помните наш разговор? Так что же, вы подозреваете бедного мистера Клэнси?

— Точно так же, как и вы, — парировала Джейн. — Иначе вас сейчас здесь не было бы.

Маленький бельгиец некоторое время задумчиво смотрел на нее.

— Вы размышляли об этом убийстве, мадемуазель? Я имею в виду, размышляли вы о нем отстраненно, хладнокровно, объективно, рассматривая его как бы со стороны?

— Да я вообще не думала о нем до недавнего времени, — ответила Джейн.

Эркюль Пуаро понимающе кивнул.

— Вы не думали о нем до тех пор, пока оно не коснулось вас лично. А я занимаюсь расследованием преступлений уже много лет, и у меня имеются собственные взгляды и методы. О чем, по-вашему, следует думать в первую очередь, когда вы расследуете убийство?

— О том, как найти убийцу, — ответила Джейн.

— О правосудии, — сказал Норман.

Пуаро покачал головой:

— Существуют более важные вещи, чем установление виновного. И правосудие — хорошее слово, только порой бывает трудно точно сказать, что именно под ним подразумевается. По-моему, самое главное — установление невиновных.

— Ну, естественно, — сказала Джейн. — Само собой разумеется. Если кого-то обвинят несправедливо...

— Этого мало. *Может и не быть никаких обвинений*, но до тех пор, пока не доказана вина человека, совершившего преступление, все остальные, так или иначе имеющие отношение к этому преступлению, страдают в той или иной степени.

— Истинная правда, — с чувством произнес Норман Гейл.

— Нам ли не знать этого! — воскликнула Джейн.

Пуаро внимательно посмотрел на них.

— Понятно. Вы уже прочувствовали это на себе.

Последовала небольшая пауза.

— Послушайте, у меня есть здесь кое-какие дела. Поскольку наши цели совпадают, мы можем объединить усилия. Я собираюсь нанести визит нашему изобретательному мистеру Клэнси и предлагаю мадемуазель сопровождать меня в качестве моей секретарши. Вот блокнот с карандашом для стенографических записей.

— Я не умею стенографировать, — упавшим голосом произнесла Джейн.

— Разумеется, не умеете. Зато вы умны и сообразительны. Будете делать вид, будто стенографируете. С этим, надеюсь, вы справитесь? Очень хорошо. А с мистером Гейлом мы встретимся где-нибудь через час. Скажем, в «Монсеньоре»? *Bon!*[1]

Он подошел к двери и позвонил в звонок. Слегка ошарашенная Джейн последовала за ним, держа в руке блокнот и карандаш.

Гейл открыл было рот, словно хотел что-то возразить, но затем, видимо, передумал.

— Хорошо, — сказал он. — Через час в «Монсеньоре».

Дверь открыла пожилая женщина довольно грозного вида, одетая во все черное.

— Могу я видеть мистера Клэнси? — спросил Пуаро.

Женщина отступила назад, и Пуаро с Джейн вошли в дом.

— Ваше имя, сэр?

— Эркюль Пуаро.

Грозная женщина проводила их в комнату на втором этаже.

— Мистер Эйр Куль Прот, — объявила она.

Пуаро сразу же оценил правдивость заявления мистера Клэнси, сделанного им в Кройдоне

---

[1] Хорошо! *(фр.)*

по поводу того, что он неаккуратный человек. В длинной комнате с тремя окнами и книжными шкафами и полками вдоль стен царил хаос. По всему полу были разбросаны бумаги, картонные папки, бананы, пивные бутылки, открытые книги, диванные подушки, тромбон, фарфоровая посуда, гравюры и множество авторучек. Посреди этого беспорядка возился с кинокамерой хозяин дома.

— Боже мой, — сказал он, рассматривая незваных гостей. Затем, поставив кинокамеру на пол, направился к ним, протянув руку. — Рад видеть вас.

— Надеюсь, вы меня помните? — спросил Пуаро. — Это моя секретарша, мадемуазель Грей.

— Очень приятно, мисс Грей. — Мистер Клэнси пожал Джейн руку и вновь повернулся к Пуаро: — Разумеется, я вас помню. Где мы с вами встречались?.. В «Клубе Веселого Роджера»?

— Мы вместе летели из Парижа на самолете, где во время полета произошло убийство.

— Ах да, ну конечно, — сказал мистер Клэнси. — И мисс Грей тоже. Только я не знал, что она ваша секретарша. В самом деле, мне почему-то казалось, что она работает в салоне красоты... что-то в этом роде.

Джейн с тревогой взглянула на Пуаро.

— Совершенно верно, — подтвердил тот. — Поскольку мисс Грей прекрасно справляется со своими обязанностями секретарши, у нее остается время, и она подрабатывает парикмахершей. Вы понимаете?

— Да-да, конечно, — ответил мистер Клэнси. — Я просто забыл. Вы ведь детектив — настоящий, не из Скотленд-Ярда. Частный сыщик... Садитесь же, мисс Грей. Нет-нет, не туда. На это кресло пролили апельсиновый сок. Сейчас я уберу эту папку... О боже, все обрушилось... Не обращайте внимания. А вы, месье Пуаро, садитесь вот сюда... Вам удобно? Не волнуйтесь, спинка не сломана; она лишь немного скрипит, когда на нее откидываешься. Наверное, не стоит слишком опираться на нее. Да, частный сыщик, вроде моего Уилбрэхема Райса... Публика, как ни странно, полюбила его. Он грызет ногти и ест много бананов. Откровенно говоря, я не знаю, почему я его придумал таким — он действительно производит отталкивающее впечатление, — но что вышло, то вышло. Он начал грызть ногти в первой же книге, и я был вынужден заставлять его делать это в каждой последующей. Бананы — это не так плохо. Они способны создавать забавные ситуации — преступники поскальзываются на их кожуре. Я сам ем бананы, поэтому, наверное, их так много в моих книгах. Но я не грызу ногти. Хотите пива?

— Спасибо, нет.

Мистер Клэнси вздохнул, уселся наконец сам и воззрился на Пуаро.

— Я догадываюсь о цели вашего визита. Вы пришли поговорить об убийстве мадам Жизель. Я много думал об этом деле. Можете говорить все, что угодно, но это чрезвычайно занимательно — духовая трубка и отравленный дротик на борту самолета... Я использовал эту идею, как уже говорил вам, и в романе, и в рассказе. Разумеется, это ужасный случай, но должен вам признаться, месье Пуаро, он вызвал у меня настоящий душевный трепет.

— Я вас понимаю, — сказал сыщик. — Это преступление должно было вызвать у вас профессиональный интерес.

Лицо писателя расплылось в улыбке.

— Именно. Можно было бы ожидать, что все поймут это — даже полицейские. Но ничего подобного. Вместо этого я попал под подозрение как со стороны инспектора, так и на следствии. Я всеми силами стараюсь способствовать торжеству правосудия и в благодарность не получаю ничего, кроме подозрения!

— Тем не менее, — заметил Пуаро с улыбкой, — это, похоже, не сильно отразилось на вас.

— Видите ли, Ватсон, — сказал мистер Клэнси, — у меня собственные методы. Извините за то, что назвал вас Ватсоном, я вовсе не хотел вас обидеть. Кстати, вас не удивляет, насколько прочно укоренились приемы, пропагандируемые такого рода идиотами? Лично я считаю, что восторги по поводу историй о Шерлоке Холмсе не вполне обоснованны. В них ошибка на ошибке, заблуждение на заблуждении... Так о чем я говорил?

— Вы сказали, что у вас собственные методы.

— Ах да... — Мистер Клэнси подался вперед. — Я вставлю этого инспектора — как его зовут? Джепп? Ну да, так вот, я вставлю его в мою следующую книгу. Вы увидите, как Уилбрэхэм Райс утрет ему нос.

— Между двумя бананами, надо полагать.

— Между двумя бананами — прекрасная мысль! — Мистер Клэнси рассмеялся.

— Будучи писателем, вы имеете большое преимущество, месье, — заметил Пуаро. — Вы можете вновь пережить свои чувства с помощью печатного слова. Вы обладаете властью над своими врагами, которую дает вам ваше перо.

Мистер Клэнси слегка откинулся на спинку кресла.

— Знаете, — сказал он, — я начинаю думать, что это убийство станет для меня настоящим благом. Я в точности опишу эту историю — конечно, в художественной форме — и назову ее «Тайна воздушной почты». Воссоздам образы всех пассажиров. Эта книга будет бестселлером, если только мне удастся вовремя издать ее.

— Не боитесь обвинений во вторжении в частную жизнь, клевете или в чем-нибудь подобном? — спросила Джейн.

Мистер Клэнси повернулся в ее сторону с улыбкой на лице:

— Нет-нет, моя дорогая леди. Конечно, если б я сделал одного из пассажиров убийцей, тогда от меня могли бы потребовать компенсацию морального ущерба. Но в этом заключается сильная сторона — совершенно неожиданное решение появляется в последней главе.

Пуаро в свою очередь подался вперед.

— И каково же это решение?

Мистер Клэнси снова рассмеялся.

— Хитроумное, — ответил он. — Хитроумное и сенсационное. Переодетая пилотом девушка проникает на борт самолета и прячется под креслом мадам Жизель. У нее при себе ампула с новейшим, только что разработанным газом. Она выпускает его — все находящиеся на борту теряют сознание на три минуты, — затем вылезает из-под кресла, стреляет отравленным дротиком и прыгает с парашютом через заднюю дверь.

Пуаро и Джейн смотрели на него с изумлением.

— А почему она тоже не теряет сознание под воздействием газа, как остальные?

— Респиратор, — лаконично ответил мистер Клэнси.

— И она опускается в Ла-Манш?

— Совсем не обязательно в Ла-Манш. Она может приземлиться на французском побережье.

— Но спрятаться под креслом не сможет никто. Для этого там недостаточно пространства.

— В моем самолете там будет достаточно пространства, — твердо произнес мистер Клэнси.

— *Épatant*[1], — сказал Пуаро. — И какой же мотив у этой леди?

— Я еще не решил, — задумчиво произнес мистер Клэнси. — Возможно, мадам Жизель разорила ее возлюбленного, и тот покончил с собой.

— А где она достала яд?

— Вот это действительно интересно, — сказал писатель. — Девушка — заклинательница змей. Она берет яд у своего любимого питона.

— *Mon Dieu!*[2] — воскликнул Пуаро. — Вам не кажется, что это *слишком* сенсационное решение?

— Невозможно написать что-либо слишком сенсационное, — убежденно произнес писатель. — Особенно если вы имеете дело с ядом, используемым южноамериканскими индейцами для смазывания стрел. Я знаю, в самолете использовался змеиный яд, но принцип тот же самый. В конце концов, детективный роман не обязан в точности отражать реальные события. Посмотрите, о чем пишут газеты — тоска зеленая.

---

[1] Потрясающе (*фр.*).

[2] Боже мой! (*фр.*)

— Да будет вам, месье. Уж не хотите ли вы сказать, что наше маленькое происшествие — тоска зеленая?

— Разумеется, нет, — ответил мистер Клэнси. — Знаете, иногда мне не верится, что все это действительно произошло.

Пуаро придвинул свое скрипучее кресло чуть ближе к хозяину.

— Мистер Клэнси, — негромко произнес он конфиденциальным тоном, — вы человек с головой и воображением. Полицейские, по вашим словам, относятся к вам с подозрением. Они не спрашивали у вас совета, а я, Эркюль Пуаро, хочу у вас проконсультироваться.

Писатель покраснел от удовольствия.

— Очень любезно с вашей стороны.

— Вы изучали криминалистику. Ваши мысли и идеи представляют немалую ценность. Мне было бы чрезвычайно интересно узнать ваше мнение по поводу того, кто совершил это преступление.

— Ну...

Замявшись, мистер Клэнси машинально потянулся за бананом, очистил его и принялся есть. Постепенно оживленное выражение сползло с его лица. Он покачал головой:

— Видите ли, месье Пуаро, это совершенно другое дело. Работая над детективным романом, вы можете сделать преступником кого угодно, но в реальной жизни это конкретный человек. На факты влиять невозможно. Боюсь, вам известно, что как реальный детектив я абсолютно несостоятелен.

Печально покачав головой, он швырнул банановую кожуру в мусорную корзину.

— Тем не менее это было бы весьма занимательно, если бы мы расследовали это дело вместе, — сказал Пуаро. — Вам так не кажется?

— О да, конечно.

— Для начала, кто все-таки представляется вам наиболее вероятной кандидатурой на роль убийцы?

— Скорее всего, один из двух французов.

— Почему?

— Ну, мадам Жизель была француженкой — наверное, поэтому. К тому же они сидели на противоположной стороне, не так далеко от нее. Но вообще-то, говоря откровенно, я не знаю.

— Очень большое значение имеет мотив, — задумчиво произнес Пуаро.

— Разумеется. Я полагаю, вы уже проанализировали все возможные мотивы с научной точки зрения?

— Я старомоден в своих методах и следую старому принципу: ищи того, кому выгодно.

— Все это очень хорошо, — сказал мистер Клэнси, — но, насколько я понимаю, в подобном случае этот принцип применить довольно трудно. Я слышал, у покойной осталась дочь, которая наследует ее деньги. Но ее смерть могла быть выгодна и тем людям на борту самолета, которые брали у нее деньги в долг.

— Верно, — согласился Пуаро. — Однако возможны и другие варианты. Предположим, мадам Жизель располагала компрометирующей информацией в отношении кого-то из своих попутчиков — к примеру, данный человек предпринял попытку убийства...

— Почему именно попытку убийства? — спросил мистер Клэнси. — Что за странное предположение!

— В таких делах следует принимать во внимание любые возможности, — сказал Пуаро.

— Но это все догадки, а нужно *знать наверняка*.

— Вы правы. В высшей степени справедливое замечание.

Последовала пауза.

— Прошу прощения, — нарушил молчание Пуаро, — но эта духовая трубка, которую вы купили...

— Черт бы подрал эту духовую трубку! — проворчал мистер Клэнси. — Лучше бы я не упоминал ее.

— Вы говорите, что купили ее в магазине на Черинг-Кросс-роуд? Случайно не помните название магазина?

— То ли «Абсолом», то ли «Митчелл и Смит»... точно не помню. Но я давал показания этому мерзкому инспектору, в том числе и по поводу приобретения трубки. Он, наверное, уже все проверил.

— Ясно, — сказал Пуаро. — Но я задаю этот вопрос по совершенно иной причине.

— О, понимаю, понимаю. Однако я не думаю, что вы сможете найти такую же трубку. Знаете ли, их не продают целыми партиями.

— Тем не менее я попытаюсь. Будьте так добры, мисс Грей, запишите эти два названия.

Джейн открыла блокнот и принялась старательно выводить в нем каракули, а затем тайком записала обычным письмом названия магазинов — на тот случай, если Пуаро они действительно понадобятся.

— А теперь, — сказал сыщик, — разрешите откланяться. Мы уже и так злоупотребили вашим гостеприимством и отняли у вас массу времени. Огромное спасибо вам за вашу помощь.

— Не стоит благодарности. Жаль, что вы не съели ни одного банана.

— Вы чрезвычайно любезны.

— У меня сегодня счастливый день, — сказал Клэнси. — Сейчас я работаю над рассказом, и работа у меня застопорилась. Я никак не мог подобрать имя для преступника. Мне хотелось придумать что-нибудь особенное. И вот сегодня я увидел подходящее имя на вывеске над лавкой мясника. Парджитер. Как раз то, что мне нужно. Оно звучит именно так, как надо. А спустя пять минут мне пришла в голову мысль. В рассказах всегда возникает одна и та же проблема: почему девушка молчит? Молодой человек пытается заставить ее заговорить, а она утверждает, что на ее устах лежит печать. Разумеется, никаких реальных причин, мешающих ей рассказать все, нет, но вам приходится изобретать нечто такое, что не звучало бы совсем уж по-идиотски. К сожалению, каждый раз это должно быть что-то новое.

Мистер Клэнси улыбнулся, глядя на Джейн.

— Настоящее испытание для автора! — сказал он и, вскочив с кресла, бросился к книжному шкафу. — Позвольте мне кое-что вручить вам.

Он вернулся с книгой в руке.

— «Загадка красного лепестка». Кажется, я говорил в Кройдоне, что в этой моей книге идет речь об отравленных стрелах.

— Большое спасибо. Вы очень милы.

— Не стоит благодарности, — сказал мистер Клэнси.

Немного помолчав, он неожиданно добавил:

— Я вижу, вы стенографируете не по системе Питмана.

Лицо Джейн залила краска. Пуаро тут же пришел ей на помощь:

— Мисс Грей идет в ногу со временем. Она пользуется самой последней системой, разработанной одним ученым из Чехословакии.

— Что вы говорите? Какая, должно быть, удивительная страна эта Чехословакия... Сколько разных вещей производят там — обувь, стекло, перчатки, а теперь еще и систему стенографии... Просто поразительно.

Они обменялись рукопожатиями.

— Сожалею, что не смог оказаться более полезным.

Стоя посреди заваленной бумагами и банановой кожурой комнате, писатель смотрел им вслед с печальной улыбкой.

Глава 16

План кампании

Выйдя из дома мистера Клэнси, они взяли такси и поехали в «Монсеньор», где их дожидался Норман Гейл. Пуаро заказал себе консоме и шофруа из цыпленка.

— И каковы же ваши успехи? — спросил Норман.

— Мисс Грей проявила себя великолепной секретаршей, — сказал Пуаро.

— По-моему, я справилась с этой задачей не лучшим образом, — возразила Джейн. — Он сразу заметил, что я записываю не то.

— Вы обратили на это внимание? Наш мистер Клэнси не так уж рассеян, как может показаться.

— Вам действительно были нужны эти адреса? — спросила Джейн.

— Да, они могут пригодиться.

— Но если полиция...

— Ох уж эта полиция! Я не должен задавать те же вопросы, которые задавали полицейские. Хотя я сомневаюсь, что они вообще задавали вопросы... Им известно, что духовая трубка, найденная в самолете, была куплена в Париже американцем.

— Американцем? Но на борту самолета не было американцев.

Пуаро снисходительно улыбнулся:

— Совершенно верно. Американец нужен только для того, чтобы усложнить нам задачу. *Voilà tout*[1].

— Но она была куплена мужчиной? — спросил Норман.

Лицо Пуаро приобрело странное выражение.

— Да, — ответил он, — она была *куплена* мужчиной.

Норман озадаченно посмотрел на него.

— Во всяком случае, это был не мистер Клэнси, — сказала Джейн. — У него уже имелась одна духовая трубка, и вторая ему была ни к чему.

Пуаро согласно кивнул:

— Именно так и следует действовать. Подозревать всех по очереди и затем вычеркивать их из списка.

— И многих вы уже вычеркнули? — спросила Джейн.

---

[1] Вот и всё (*фр.*).

— Не так уж многих, как вы могли бы ожидать, мадемуазель, — ответил Пуаро, подмигнув ей. — Видите ли, все зависит от мотива.

— Были ли найдены... — Норман Гейл запнулся, затем произнес извиняющимся тоном: — Я вовсе не хочу совать нос в официальное расследование, но были ли найдены бумаги с записями о сделках этой женщины?

Пуаро покачал головой:

— Все ее документы сгорели.

— Жаль.

— *Évidemment!* Однако, похоже, в своей ростовщической деятельности мадам Жизель прибегала к шантажу, и это открывает широкие перспективы. Предположим, что мадам Жизель знала о некоем преступлении, совершенном кем-то, скажем, о попытке убийства.

— Существует ли причина для подобных предположений?

— Да, существует, — медленно произнес Пуаро. — Один из немногих документов, имеющихся по данному делу.

Он взглянул на Нормана и Джейн, с интересом смотревших на него, и вздохнул:

— Ладно, давайте поговорим теперь о чем-нибудь другом. Например, о том, какое влияние эта трагедия оказала на вашу жизнь.

— Как ни кощунственно это звучит, но мне она пошла на пользу, — сказала Джейн.

Она рассказала, как добилась повышения зарплаты.

— Вы говорите, мадемуазель, что это пошло вам на пользу, но, очевидно, это ненадолго. Помните, даже девятидневное чудо длится не дольше девяти дней.

Джейн рассмеялась:

— Да, в самом деле.

— Что касается меня, — сказал Норман Гейл, — боюсь, это продлится дольше девяти дней.

Он рассказал свою историю. Пуаро выслушал его с сочувственным видом.

— Вы говорите, это продлится дольше девяти дней, или девяти недель, или девяти месяцев, — задумчиво произнес он. — Сенсация умирает быстро, а вот страх живет долго.

— Вы считаете, мне нужно просто дождаться, когда ситуация выправится?

— А у вас есть другой план?

— Да, уехать в Канаду или куда-нибудь еще и начать все сначала.

— Я убеждена, что этого делать не стоит, — твердо произнесла Джейн.

Норман в изумлении воззрился на нее.

Пуаро тактично промолчал, взявшись за своего цыпленка.

— Мне и не хочется никуда уезжать.

— Если я установлю, кто убил мадам Жизель, вам и не придется никуда уезжать, — ободряюще произнес маленький бельгиец.

— Вы уверены, что вам удастся сделать это? — спросила Джейн.

Во взгляде сыщика явственно читался упрек.

— Если вести расследование планомерно, вооружившись методом, то никаких трудностей не должно возникнуть, абсолютно никаких, — заявил он с самым серьезным видом.

— Понятно, — сказала Джейн, хотя ничего не поняла.

— Но я решил бы эту загадку быстрее, если бы мне помогли.

— Кто и каким образом?

Немного помолчав, Пуаро сказал:

— Мне мог бы помочь мистер Гейл. И, возможно, впоследствии вы тоже.

— Чем я мог бы вам помочь? — спросил Норман.

Сыщик испытующе посмотрел на него.

— Вам это не понравится, — предостерег он его.

— Говорите же, что я должен сделать, — нетерпеливо произнес молодой человек.

Очень деликатно, дабы не шокировать щепетильных англичан, Эркюль Пуаро воспользовался зубочисткой.

— Говоря откровенно, — сказал он после некоторой паузы, — мне нужен шантажист.

— Шантажист? — недоуменно переспросил Норман, уставившись на Пуаро, словно не верил своим ушам.

Бельгиец кивнул.

— Именно, — подтвердил он. — Шантажист.

— Но для чего?

— *Parbleu!*[1] Для того, чтобы шантажировать.

— Это понятно. Я имею в виду кого и зачем?

— Зачем — это мое дело, — сказал Пуаро. — А что касается, кого...

Немного помолчав, он продолжил будничным, деловым тоном:

— Вот мой план. Вы напишете записку — под мою диктовку — графине Хорбери. Сделаете пометку «лично». В записке попросите ее о встрече. Напомните ей о том, что она летела на самолете в Англию в определенный день, и скажете, что вам стало известно о ее финансовых отношениях с мадам Жизель.

— И что потом?

— Потом она даст согласие на встречу с вами. Вы поедете и скажете ей то, что скажу вам я, и попросите у нее — одну секунду — десять тысяч фунтов.

— Вы сумасшедший!

— Отнюдь, — возразил Пуаро. — Возможно, я несколько эксцентричен, но уж никак не сумасшедший.

— А если леди Хорбери вызовет полицию? Меня же посадят в тюрьму!

---

[1] Черт возьми! (*фр.*)

— Она не вызовет полицию.
— Вы не можете *знать* это.
— *Mon cher*[1], я знаю практически все.
— Как бы то ни было, мне это не нравится.
— Она не даст вам десять тысяч фунтов, если вас смущает именно это, — сказал сыщик, подмигнув ему.
— Месье Пуаро, это слишком рискованный план. Он может поставить крест на моей судьбе.
— Послушайте, мистер Гейл, она не обратится в полицию, уверяю вас.
— Она может рассказать мужу.
— Она ничего не расскажет мужу.
— Мне это не нравится.
— Вам нравится терять пациентов?
— Нет, но...

Пуаро посмотрел на него с добродушной улыбкой.

— Вы, как благородный человек, испытываете отвращение к вещам подобного рода. Это вполне естественно. Но смею вас заверить, леди Хорбери недостойна рыцарского отношения.
— Но она не может быть убийцей.
— Почему?
— Потому что мы с Джейн сидели напротив нее и непременно заметили бы, если б она совершала какие-то действия.

---

[1] Мой дорогой (*фр.*).

— У вас слишком много предубеждений и предрассудков. Для того чтобы раскрыть это преступление, я должен кое-что *знать*.

— Меня совсем не вдохновляет идея шантажировать женщину.

— Ах, *mon Dieu*! Это только слова! Никакого шантажа не будет. Вам нужно всего лишь произвести определенный эффект. После этого, когда почва будет подготовлена, в дело вступлю я.

— Если благодаря вам я попаду в тюрьму...

— Нет-нет, даже не думайте. Меня очень хорошо знают в Скотленд-Ярде, и если что-нибудь произойдет, я возьму вину на себя. Но ничего не произойдет, кроме того, что я предвижу.

Тяжело вздохнув, Норман сдался.

— Ладно. И тем не менее мне это не нравится.

— Отлично. Теперь возьмите карандаш и пишите.

Пуаро медленно продиктовал текст записки.

— *Voilà*[1], — сказал он, закончив. — Позже я проинструктирую вас по поводу того, что нужно сказать ей при встрече... Скажите, мадемуазель, вы ходите в театр?

— Да, довольно часто, — ответила Джейн.

— Замечательно. Видели вы, к примеру, пьесу под названием «Вверх ногами»?

— Да, с месяц назад. Довольно неплохая постановка.

---

[1] Вот так (*фр.*).

— Это ведь американская пьеса, не так ли?.. Вы помните персонажа по имени Гарри, роль которого исполнял мистер Раймонд Барраклаф?

— Да, он был очень хорош.

— Вы находите его привлекательным?

— Чрезвычайно.

— *Il est sex appeal?*[1]

— Несомненно, — со смехом сказала Джейн.

— Только это или он еще и хороший актер?

— О, по-моему, играет он прекрасно.

— Нужно сходить посмотреть на него, — сказал Пуаро.

Джейн взглянула на него с удивлением. Что за странный человек — перескакивает с темы на тему, словно птица с ветки на ветку!

Сыщик как будто прочитал ее мысли.

— Очевидно, вы не одобряете мои методы, мадемуазель? — спросил он с улыбкой.

— На мой взгляд, вы не очень последовательны.

— Ничего подобного. Я следую определенной логике. Нельзя делать скоропалительные выводы. Нужно действовать методом *исключения*.

— Методом исключения? — переспросила Джейн и задумалась. — Понятно... Вы исключили мистера Клэнси.

— Возможно, — сказал Пуаро.

---

[1] В сексуальном плане? (*фр.*)

— Вы исключили также и нас, а теперь, вероятно, собираетесь исключить леди Хорбери... О!

Она замерла на месте, будто ей в голову внезапно пришла какая-то мысль.

— Что такое, мадемуазель?

— Ваши разговоры о попытке убийства... Это был *тест?*

— Вы слишком поспешны, мадемуазель. Да, это часть стратегии, которую я использую. Упомянув попытку убийства, я внимательно наблюдал за мистером Клэнси, за вами, за мистером Гейлом — и ни в ком из вас не заметил никаких зримых признаков. И позвольте вам сказать, что в таких ситуациях провести меня невозможно. Убийца готов к отражению любой атаки, которую он *предвидит*. Но эта запись в маленькой книжке не могла быть известна никому из вас. Так что я вполне удовлетворен.

— Вы ужасно коварный человек, месье Пуаро, — сказала Джейн, поднимаясь на ноги. — Никогда не знаешь, чего от вас ожидать.

— Все очень просто. Я стараюсь получить информацию всеми доступными способами.

— Я полагаю, в вашем распоряжении имеется множество самых хитроумных способов получения информации...

— Есть только один поистине простой способ.

— Какой же?

— Давать людям возможность говорить.

Джейн рассмеялась:

— А если они не желают говорить?
— Каждый любит говорить о себе.
— Пожалуй, — согласилась Джейн.
— Благодаря этому многие шарлатаны сколотили себе состояние. Вызывает такой вот тип пациента на откровенность, и тот выкладывает ему все — как в двухлетнем возрасте выпал из коляски, как однажды его мать ела грушу и капнула соком на свое оранжевое платье, как в полуторалетнем возрасте он таскал за бороду своего отца... После этого шарлатан говорит пациенту, что тот больше не страдает от бессонницы, берет с него две гинеи, тот уходит счастливый и, возможно, даже действительно засыпает.
— Какая нелепость, — сказала Джейн.
— Не такая уже нелепость, как вам представляется. В основе этого лежит фундаментальная потребность человеческой натуры — потребность говорить, рассказывать о себе. Разве вы сами, мадемуазель, не любите делиться воспоминаниями о своем детстве, о родителях?
— Ко мне это неприменимо. Я росла сиротой.
— А-а, тогда другое дело... В таком случае вам действительно вряд ли захочется вспоминать детские годы.
— Да нет, я не ходила в алом чепчике и плаще, подобно воспитанникам сиротских домов, живущих за счет благотворительности. Мое детство прошло довольно весело.

— Это было в Англии?

— Нет, в Ирландии — в окрестностях Дублина.

— Стало быть, вы ирландка... Вот почему у вас темные волосы и серо-голубые глаза, как будто...

— Как будто их нарисовали пальцем, испачканным сажей, — закончил за Пуаро фразу Норман с улыбкой на лице.

— *Comment?*[1] Что вы хотите этим сказать?

— Есть такая поговорка про ирландские глаза — что их как будто нарисовали пальцем, испачканным сажей.

— В самом деле? Не самое элегантное выражение, но довольно точное. — Бельгиец склонил перед Джейн голову. — Замечательный эффект, мадемуазель.

Выходя из-за столика, девушка весело рассмеялась.

— Вы опасный мужчина, месье Пуаро. Спокойной ночи и спасибо за прекрасный ужин. Вам придется пригласить меня поужинать еще раз, если Нормана отправят в тюрьму за шантаж.

При воспоминании о том, что ему предстоит, по лицу Гейла пробежала тень.

Пуаро попрощался с молодыми людьми, пожелав им спокойной ночи.

Придя домой, он достал из ящика шкафа лист бумаги со списком из одиннадцати имен. Задум-

---

[1] Как? (*фр.*)

чиво кивнув, он поставил галочки против четырех имен.

— Кажется, я знаю, — пробормотал он вполголоса. — Однако необходима уверенность. *Il faut continuer*[1].

Глава 17

В Уондсворте

Мистер Генри Митчелл ужинал картофельным пюре с колбасой, когда в его доме появился гость. К немалому удивлению стюарда, им оказался усатый джентльмен, один из пассажиров рокового рейса.

Месье Пуаро обладал учтивыми, приятными манерами. Он настоял на том, чтобы мистер Митчелл продолжил свой ужин, и произнес изящный комплимент в адрес миссис Митчелл, которая смотрела на него с открытым ртом.

Детектив сел на предложенный ему стул, заметил, что для этого времени года стоит очень теплая погода, и затем плавно перешел к цели своего визита.

— Боюсь, Скотленд-Ярд не достиг большого прогресса в расследовании этого преступления, — сказал он.

---

[1] Нужно продолжать (*фр.*).

Митчелл покачал головой:

— Удивительное дело, сэр, просто удивительное. Я не представляю, что они могут сделать. Если никто на борту самолета ничего не видел, каждому впоследствии придется очень нелегко.

— Это точно.

— Генри ужасно переживал по поводу случившегося, — вмешалась в разговор миссис Митчелл. — Ночами не спал.

— Мне эта история не давала покоя, — пояснил стюард. — Руководство нашей компании повело себя вполне порядочно. Говоря откровенно, поначалу я боялся потерять работу...

— Генри, это было бы жестоко и несправедливо...

В голосе миссис Митчелл прозвучали нотки негодования. Это была полногрудая женщина с румянцем во все лицо и темными блестящими глазами.

— Справедливость торжествует далеко не всегда, Рут. Тем не менее все кончилось гораздо лучше, чем я ожидал. Меня ни в чем не обвиняли, но я чувствовал, что на мне лежит определенная ответственность, если вы понимаете, о чем идет речь.

— Я понимаю ваши переживания, — произнес Пуаро сочувственным тоном. — Но уверяю вас, вы напрасно беспокоились. В том, что случилось, вашей вины нет.

— И я говорю то же самое, сэр, — вновь вставила слово миссис Митчелл.

Стюард покачал головой:

— Я должен был заметить раньше, что леди мертва. Если б я разбудил ее в самом начале, когда получал деньги по счетам...

— Это ничего не изменило бы. Ее смерть наступила почти мгновенно.

— Я постоянно твержу ему, чтобы он не изводил себя так, — подхватила миссис Митчелл. — Кто знает, по каким причинам иностранцы убивают друг друга... И если хотите знать мое мнение, это самая настоящая подлость — устраивать свои разборки на борту британского самолета. — Произнеся эти слова, она возмущенно фыркнула.

Митчелл потряс головой.

— Каждый раз, когда я отправляюсь на работу, у меня тяжело на душе. И потом, джентльмены из Скотленд-Ярда все допытываются, не заметил ли я во время полета что-нибудь необычное. У меня возникает ощущение, будто я что-то забыл. Но я все помню! Был самый обычный рейс, без каких-либо происшествий, пока... пока не случилось это...

— Духовые трубки, дротики — это просто какая-то дикость, — произнесла миссис Митчелл с гримасой отвращения.

— Вы правы, — откликнулся Пуаро с изумленным видом, словно его поразило ее замечание. —

В Англии убийства совершаются более цивилизованными способами.

— Совершенно верно, сэр.

— Знаете, миссис Митчелл, я, пожалуй, смогу угадать, из какой области Англии вы происходите.

— Из Дорсета, сэр. Окрестности Бриджпорта. Там моя родина.

— Точно, — сказал Пуаро. — Замечательное место.

— Да. Лондон не идет ни в какое сравнение с Дорсетом. Мои предки поселились там больше двухсот лет назад, и дух этого края, если так можно выразиться, впитался мне в кровь.

— В самом деле... — Сыщик вновь повернулся к стюарду: — Мне бы хотелось спросить вас кое о чем, Митчелл.

Тот наморщил лоб:

— Я уже сказал все, что мне известно, сэр.

— Не волнуйтесь, ничего особенного. Меня просто интересует, не заметили ли вы, может быть, на столике мадам Жизель что-нибудь лежало в беспорядке?

— Вы имеете в виду, когда я понял, что с нею что-то случилось?

— Да. Ложка, вилка, солонка — что-нибудь в этом роде...

Стюард отрицательно покачал головой.

— Со столиков все было убрано, за исключением кофейных чашек. Я не обратил особого внимания, поскольку был слишком взволнован. Но если б там что-то было, полицейские наверняка нашли бы это, поскольку они тщательно осмотрели весь самолет.

— Ладно, — сказал Пуаро. — Это не имеет большого значения. Но мне нужно поговорить с вашим коллегой, Дэвисом.

— Он сегодня улетел утренним рейсом восемь сорок пять.

— Его сильно расстроила эта история?

— Он еще совсем молод, и ему даже нравится эта кутерьма. Все знакомые ставят ему выпивку и выспрашивают подробности.

— У него есть молодая леди? — спросил Пуаро. — То, что он имеет отношение к данному происшествию, вне всякого сомнения, произвело на нее неизгладимое впечатление...

— Он ухаживает за дочерью старого Джонсона из «Короны и перьев», — сказала миссис Митчелл. — Но она девушка с головой. Ей совсем не нравится, что он замешан в этой истории.

— Весьма разумная точка зрения, — сказал Пуаро. — Хорошо, благодарю вас, мистер Митчелл, а также вас, миссис Митчелл. И прошу вас, мой друг, не принимайте это так близко к сердцу.

Когда Пуаро удалился, Митчелл сказал:

— Эти тупицы-присяжные решили, что убийство совершил он. Но, если хочешь знать мое мнение, он связан с секретной службой.

— Если хочешь знать мое мнение, — сказала миссис Митчелл, — за всем этим стоят большевики.

Отыскав Дэвиса в баре «Корона и перья», Пуаро задал ему тот же вопрос, что и Митчеллу.

— Нет, сэр, никакого беспорядка на столике я не заметил. Вы имеете в виду, было ли что-то опрокинуто?

— Я имею в виду, может быть, на столике чего-то недоставало или, наоборот, было что-то лишнее?

— Там *что-то* было, — медленно произнес Дэвис. — Я увидел это, когда занимался уборкой после того, как полицейские завершили осмотр. Но вряд ли это то, что вы имеете в виду. На блюдце, стоявшем на столике покойницы, лежали две ложки. Такое иногда случается, когда мы обслуживаем пассажиров в спешке. Я обратил на это внимание только потому, что существует суеверие: две ложки в блюдце предвещают свадьбу.

— Может быть, ложка отсутствовала в блюдце кого-нибудь из других пассажиров?

— Нет, сэр. Я ничего такого не заметил. Должно быть, кто-то из нас с Митчеллом унес чашку с блюдцем без ложки и в спешке не заметил этого. Неделю назад я положил на стол сразу два комплекта ножей и вилок для рыбы. Вообще, это лучше, чем забыть что-то принести, — тогда приходится возвращаться на кухню за недостающим.

Пуаро задал ему еще один вопрос, на этот раз шутливый:

— Что вы думаете о французских девушках, Дэвис?

— Меня вполне устраивают английские, сэр.

И он улыбнулся пухлой светловолосой девушке, стоявшей за стойкой бара.

Глава 18

На Куин-Виктория-стрит

Джеймс Райдер был немало удивлен, когда ему принесли визитку с именем месье Пуаро. Это имя явно было ему знакомо, но он никак не мог вспомнить, откуда. И тут его осенило. «А-а, это *тот самый* тип!» — подумал он и велел клерку впустить посетителя.

Месье Пуаро выглядел веселым и довольным. В руке у него была трость, из петлицы торчал цветок.

— Надеюсь, вы извините меня за беспокойство, — сказал он. — Меня привело к вам это дело об убийстве мадам Жизель.

— Да? И что же вас интересует? Садитесь, пожалуйста. Не желаете сигару?

— Благодарю вас, нет. Я курю только собственные сигареты. Может быть, угоститесь?

Райдер с сомнением посмотрел на крохотные сигареты Пуаро.

— Спасибо. Если не возражаете, я закурю свою. А то еще проглочу вашу с непривычки...

Мистер Райдер добродушно рассмеялся.

— Несколько дней назад здесь был инспектор. Вечно эти ребята суют свой нос всюду, вместо того, чтобы заниматься своими делами.

— Но ведь им нужно собирать информацию, — мягко произнес Пуаро.

— Если бы при этом они вели себя не так вызывающе, — проворчал мистер Райдер. — У каждого человека есть свои чувства... к тому же нужно учитывать, как все это может отразиться на его деловой репутации.

— Мне кажется, вы чересчур впечатлительны.

— Я попал в весьма щекотливое положение, — сказал мистер Райдер, — поскольку сидел впереди этой женщины, что бросает на меня тень подозрения. Ведь не моя же вина в том, что мне досталось это место! Знай я, что именно в этом самолете произойдет подобное, ни за что не полетел бы на нем. Впрочем, вероятно, все же полетел бы...

Он задумался.

— Нет худа без добра? — спросил Пуаро с улыбкой.

Мистер Райдер с удивлением взглянул на него.

— В зависимости от того, с какой стороны смотреть. Мне не дают покоя. Звучат разного рода домыслы. Почему все эти люди докучают *мне*, а не доктору Хаббарду... то есть Брайанту? Именно врачам не составляет труда раздобыть смертельный яд, не оставляющий следов. Скажите, пожалуйста, каким образом я смог бы достать змеиный яд?

— Вы сказали, что хотя это происшествие доставило вам массу неудобств...

— Ну да, у этой ситуации есть и светлая сторона. Не буду скрывать, мне кое-что перепало от газет. Как же, свидетель и все такое... Хотя в этих статьях было больше журналистского воображения, чем моих свидетельств, и написанное в них совершенно не соответствовало действительности.

— Все-таки интересно, — сказал Пуаро, — как преступление влияет на жизнь людей, абсолютно к нему не причастных. Возьмем, к примеру, вас. Вы неожиданно получили деньги, которые, возможно, пришлись вам очень кстати...

— Деньги всегда приходятся кстати, — заметил мистер Райдер, бросив взгляд на сыщика. — Порой нужда в них бывает чрезвычайно острой, и тогда нередко люди растрачивают чужие деньги... — Он развел руками. — Вследствие чего возникают проблемы. Но не будем о грустном.

— Да, действительно, — согласился Пуаро. — Зачем заострять внимание на темной стороне этой ситуации? Эти деньги стали благом для вас, поскольку вам не удалось получить ссуду в Париже...

— Откуда, черт возьми, вам известно об этом? — Изумлению Райдера не было предела.

Эркюль Пуаро улыбнулся:

— Во всяком случае, это правда.

— Это правда, но мне не хотелось бы, чтобы она стала достоянием гласности.

— Уверяю вас, я буду нем как рыба.

— Странно, — задумчиво произнес мистер Райдер. — Иногда отсутствие какой-нибудь незначительной, пустяковой суммы может поставить человека в затруднительное положение... Деньги, кредиты, сама жизнь — все это чертовски странно!

— Согласен с вами.

— Так для чего я вам понадобился?

— Один весьма деликатный вопрос. В ходе осуществления моих профессиональных обязанностей я выяснил, что — вопреки вашим утверждениям — вы все-таки имели деловые отношения с мадам Жизель.

— Кто вам сказал? Это ложь! Я никогда не видел эту женщину!

— Очень любопытно!

— Любопытно? Это самая настоящая клевета!

Пуаро задумчиво смотрел на него.

— Я должен разобраться в этом деле.

— Что вы хотите этим сказать?

Маленький бельгиец покачал головой:

— Пожалуйста, не сердитесь. Должно быть, произошла ошибка.

— Надо думать, что ошибка! Стал бы я связываться с ростовщиками, обслуживающими высшее общество! Светские женщины с карточными долгами — вот их клиентура.

Пуаро поднялся с кресла.

— Должен извиниться перед вами за то, что принял на веру ложную информацию.

Подойдя к двери, он остановился.

— Между прочим, почему вы назвали доктора Брайанта *Хаббардом?*

— Если б я знал... Постойте... ну да, я думаю, это была флейта. Знаете, детская песенка о псе старой матушки Хаббард — *Но когда та вернулась, он на флейте играл...* Поразительно, как путаются эти имена.

— Ах да, флейта... Понимаете, такие вещи интересуют меня в чисто психологическом плане.

Мистер Райдер фыркнул и с подозрением посмотрел на Пуаро. Он никогда не доверял психологии, считая ее глупостью и бессмыслицей.

Глава 19

Явление мистера Робинсона

I

Графиня Хорбери сидела в спальне дома по адресу: Гросвенор-сквер, 313. Перед нею стоял туалетный столик, заставленный баночками с кремом для лица, пудреницами и золотыми шкатулками.

Спальня была заполнена дорогими изящными безделушками. Но окружавшая Сайсли Хорбери роскошь совсем не радовала ее. С неровными пятнами румян на щеках, беззвучно шевеля пересохшими губами, она в четвертый раз перечитывала письмо.

Графине Хорбери

Уважаемая мадам, пишу вам по поводу покойной мадам Жизель.

В моем распоряжении имеются некоторые документы, принадлежавшие покойной леди. Если вас или мистера Раймонда Барраклафа интересует эта тема, я был бы рад приехать к вам, чтобы обсудить ее.

Или, может быть, вы предпочитаете, чтобы я обсудил ее с вашим мужем?

Искренне ваш,
Джон Робинсон

Нет ничего глупее — раз за разом перечитывать одно и то же. Как будто от этого что-то изменится...

Она взяла конверт — два конверта. На первом было написано «Лично», на втором — «Строго конфиденциально».

Строго конфиденциально...

«Животное... скотина... И эта старая лживая француженка, которая клялась, что «все меры для защиты клиентов в случае ее внезапной кончины приняты»... Черт бы ее подрал... Что за жизнь... О боже, как у меня расшатались нервы... Это несправедливо. Несправедливо...»

Она протянула трясущуюся руку к бутылочке с золоченой пробкой.

«Это успокоит меня, поможет мне собраться с мыслями...»

Она открыла бутылочку и поднесла ее к носу.

Вот так. Теперь она могла думать! Что же делать? Разумеется, необходимо встретиться с этим человеком. Но где взять денег? Может быть, попытать счастья и сделать небольшую ставку в заведении на Карлос-стрит?.. Но это можно обдумать позже. Сначала нужно выяснить, многое ли ему известно.

Сайсли села за письменный стол, взяла авторучку и лист бумаги и принялась писать своим крупным, детским почерком:

Графиня Хорбери свидетельствует свое почтение Джону Робинсону и готова увидеться с ним, если он приедет завтра утром в одиннадцать часов...

II

— Ну, как я выгляжу? — спросил Норман Гейл, слегка зардевшись под изумленным взглядом Пуаро.

— Прекратите ломать комедию, — сказал детектив.

Норман покраснел еще гуще.

— Вы же сами сказали, что небольшая маскировка не помешает.

Тяжело вздохнув, сыщик взял молодого человека за руку и подвел его к зеркалу.

— Посмотрите на себя, — сказал он. — Кем вы себя представляете — Санта-Клаусом, вырядившимся, чтобы развлекать детей? Согласен, ваша борода не белая — она черная, как у сказочного злодея. Ну что это за борода, друг мой? Дешевая, к тому же плохо и неумело приклеенная. Затем, эти ваши брови... Я смотрю, у вас просто мания в отношении искусственных волос. От вас за несколько ярдов пахнет театральным клеем. И если вы думаете, что никто не заметит, что к вашим зубам приклеен лейкопластырь, то глубоко заблуждаетесь. Друг мой, актерство — определенно не ваше призвание.

— Одно время я часто играл в любительских спектаклях, — холодно возразил Норман.

— В это верится с трудом. Во всяком случае, я думаю, вряд ли вам давали возможность претворять в жизнь ваши идеи относительно грима. Даже при свете рампы ваше появление выглядело бы на редкость неубедительно. На Гросвенор-сквер, при свете дня... — Пуаро красноречиво пожал плечами, счтя излишним заканчивать фразу. — Нет, *mon ami*, вы шантажист, а не комик. Я хочу, чтобы при виде вас леди испугалась, а не умерла со смеху. Вижу, вас огорчают мои слова, но сейчас такой момент, когда необходимо говорить только правду. Возьмите вот это. — Он протянул ему две баночки. — Идите в ванную и завершите наконец эту процедуру.

Подавленный Норман безропотно подчинился. Когда спустя четверть часа он появился вновь, его лицо имело яркий кирпично-красный оттенок. Увидев его, Пуаро одобрительно кивнул.

— *Très bien*. Фарс закончился, начинается серьезное дело. Пожалуй, вам подошли бы небольшие усы. Только я сам их вам приклею. Вот так... А теперь мы причешем вас несколько иначе... Отлично. Ну что ж, этого вполне достаточно. Теперь давайте посмотрим, как вы усвоили свою роль.

Внимательно выслушав Нормана, он кивнул:

— Хорошо. *En avant*[1], и да сопутствует вам удача.

— Хорошо бы... Однако, скорее всего, я столкнусь с разъяренным мужем и парочкой полицейских.

— Не волнуйтесь, — успокоил его Пуаро. — Все будет хорошо.

— Вашими бы устами, — мрачно пробормотал Норман.

---

[1] Вперед (*фр.*).

С тяжелым сердцем он отправился выполнять свою в высшей степени неприятную миссию.

Когда Гейл нашел нужный ему дом на Гросвенор-сквер, его проводили в маленькую комнату на втором этаже. Через минуту в комнату вошла леди Хорбери.

Норман собрался с духом. Он ни в коем случае не должен был показать, что подобное дело для него внове.

— Мистер Робинсон? — спросила Сайсли.

— К вашим услугам, — сказал Норман с поклоном.

Черт возьми, словно приказчик в лавке, подумал он. Отвратительно.

— Я получила ваше письмо, — сказала графиня.

«Этот старый осел сказал, что я не должен играть», — подумал Гейл, мысленно улыбнувшись.

— Да, совершенно верно, — произнес он вслух довольно развязным тоном. — И что вы на это скажете, леди Хорбери?

— Я не знаю, что вы имеете в виду.

— Перестаньте. Стоит ли углубляться в подробности? Всем известно, насколько приятным может быть... назовем это уикэндом на побережье. Однако мужья редко разделяют такое мнение. Думаю, леди Хорбери, вы хорошо знаете, в чем заключаются свидетельства приятного времяпрепровождения. Мадам Жизель — замечательная женщина; она всегда тщательно документировала свои финансовые операции. Возникает вопрос: кому достанутся эти документы — вам или лорду Хорбери?

Тело леди била мелкая дрожь.

— Я продавец, — сказал Норман, — и нам нужно выяснить, хотите ли вы стать покупателем.

По мере того как он входил в роль мистера Робинсона, его тон становился все более обыденным.

— Каким образом эти... свидетельства попали вам в руки?

— Это не имеет значения, леди Хорбери. Значение имеет то, что они у меня есть.

— Я вам не верю. Покажите мне эти документы.

— О нет. — По лицу Нормана расплылась хитрая ухмылка. — Я не настолько наивен, чтобы принести их с собой. Если мы договоримся, тогда другое дело. Естественно, я покажу вам их перед тем, как вы передадите мне деньги. Это будет честная сделка.

— Сколько вы хотите получить?

— Десять тысяч — фунтов, не долларов.

— Это невозможно. Я не смогу достать такую сумму.

— А вы попробуйте — и увидите, что все у вас получится. Ваши драгоценности чего-то да стоят... Так и быть, из уважения к вам я готов снизить сумму до восьми тысяч. Это мое последнее слово. На размышление я даю вам два дня.

— Говорю вам, я не смогу раздобыть такие деньги.

Норман тяжело вздохнул:

— Пожалуй, будет только справедливо, если лорд Хорбери узнает о том, что происходит. Насколько я понимаю, разведенная женщина не получает алименты на содержание — и хотя мистер Барраклаф многообещающий молодой актер, большие деньги у него не водятся. Больше ни слова. Предоставляю вам возможность хорошенько все обдумать. И имейте в виду, я не шучу.

Немного помолчав, он добавил:

— Я не шучу точно так же, как не шутила мадам Жизель...

Затем быстро, чтобы несчастная женщина не успела ничего ответить, Норман повернулся и вышел из комнаты.

Оказавшись на улице, он с облегчением выдохнул и вытер со лба пот.

— Слава богу, все кончилось.

III

Не прошло и часа, как леди Хорбери принесли визитку.

— Мистер Эркюль Пуаро.

Она отшвырнула ее в сторону.

— Кто это еще? Я не могу его принять!

— Он говорит, миледи, что пришел по просьбе мистера Раймонда Барраклафа.

— Ах, вот как... — Она немного подумала. — Пригласите его войти.

Дворецкий скрылся за дверью и тут же появился вновь.

— Мистер Эркюль Пуаро.

На пороге появился Пуаро, одетый как настоящий денди, и учтиво поклонился.

Дворецкий закрыл за ним дверь. Сайсли сделала шаг навстречу визитеру.

— Мистер Барраклаф прислал вас...

— Присядьте, мадам, — произнес Пуаро мягким, но в то же время властным тоном.

Она машинально села. Бельгиец устроился в кресле рядом с нею, всем своим видом демонстрируя расположение к ней.

— Мадам, умоляю вас, воспринимайте меня как своего друга. Я пришел помочь вам советом. Мне известно, что вы находитесь в очень сложном положении.

— Я не понимаю... — едва слышно пробормотала она.

— *Ecoutez*[1], мадам, я не собираюсь выведывать у вас ваши секреты. В этом нет необходимости —

---

[1] Послушайте (*фр.*).

мне они известны. Хороший детектив должен знать все.

— Детектив? — Глаза Сайсли расширились. — Я помню... вы были на борту самолета...

— Совершенно верно. А теперь, мадам, перейдем к делу. Как я уже сказал, у меня нет необходимости добиваться вашего доверия. Вам не нужно ничего рассказывать мне. *Я* расскажу вам все. Сегодня утром, меньше часа назад, вы принимали посетителя. Этот посетитель... его имя Браун, я полагаю?

— Робинсон, — произнесла Сайсли слабым голосом.

— Это не имеет значения — Браун, Смит, Робинсон... Он всегда называется одним из этих имен. Этот человек шантажирует вас, мадам. У него имеются определенные доказательства... скажем так, вашего неблагоразумия. Эти доказательства прежде находились в руках мадам Жизель. Теперь они у этого человека. Он предлагает их вам, вероятно, за семь тысяч фунтов.

— Восемь.

— Значит, восемь. И вам, мадам, очевидно, будет нелегко быстро достать эту сумму?

— Я не смогу... просто не смогу... Я уже и без того вся в долгах и не знаю, что мне делать...

— Успокойтесь, мадам, я пришел, чтобы помочь вам.

Она в изумлении воззрилась на него.

— Как вы узнали об этом?

— Все очень просто, мадам. Я — Эркюль Пуаро. *Eh bien*, не бойтесь, положитесь на меня. Я разберусь с этим мистером Робинсоном.

— И что вы хотите за это? — спросила Сайсли.

— Только фотографию одной прекрасной леди с подписью.

— О боже! — воскликнула она. — Я не знаю, что делать... Мои нервы на пределе... Я сойду с ума!

— Не волнуйтесь, мадам, все будет хорошо. Доверьтесь Эркюлю Пуаро. Но я должен знать правду — полную правду. Не нужно ничего утаивать от меня, иначе мои руки будут связаны.

— И вы действительно поможете мне?

— Торжественно клянусь, что вы никогда больше не услышите о мистере Робинсоне.

— Ладно, — сказала она после некоторых колебаний, — я расскажу вам все.

— Отлично. Итак, вы занимали деньги у мадам Жизель?

Леди Хорбери кивнула.

— Когда это началось?

— Полтора года назад. Я находилась в отчаянном положении.

— Игра?

— Да. Мне страшно не везло.

— И она вам дала столько, сколько вы у нее попросили?

— Не сразу. Вначале лишь небольшую сумму.

— Кто порекомендовал вам обратиться к ней?

— Раймонд... мистер Барраклаф сказал мне, что, насколько ему известно, она одалживает деньги женщинам из общества.

— Но потом она дала вам больше.

— Да. Столько, сколько я у нее просила. Тогда мне казалось это чудом.

— Мадам Жизель умеет творить подобного рода чудеса, — сухо произнес Пуаро. — Я так понимаю, незадолго до этого вы и мистер Барраклаф стали... друзьями?

— Да.

— Но вы очень беспокоились, что об этом может узнать ваш муж?

— Стивен — настоящий педант! — гневно воскликнула Сайсли. — Я ему надоела. Он хочет жениться на другой женщине и воспользуется любым предлогом, чтобы развестись со мною.

— А вы не хотите развода?

— Нет. Я... я...

— Вам нравится ваше положение — и возможность пользоваться большими финансовыми благами. *Les femmes*[1], естественно, должны следить за собой... Ну что же, продолжим. И вот пришло время для возвращения долга...

— Да. Я не смогла его отдать, и тогда-то старая дьяволица показала свое истинное лицо. Она уз-

---

[1] Женщины (*фр.*).

нала обо мне и Раймонде. Выяснила, где и в какие дни мы встречались...

— У нее были свои методы, — заметил Пуаро. — Очевидно, она пригрозила послать доказательства вашей связи лорду Хорбери.

— Да, если я не верну деньги.

— А вы не могли сделать это?

— Нет.

— Следовательно, ее смерть пришлась вам как нельзя кстати.

— Это действительно стало невероятным чудом, — подтвердила Сайсли.

— Слишком большим чудом. Но вместе с тем это, видимо, заставило вас нервничать.

— Нервничать?

— В конце концов, мадам, среди пассажиров самолета только у вас имелась причина желать ей смерти.

Сайсли тяжело вздохнула.

— Я знаю. Это было ужасно. Меня потрясла ее смерть.

— Особенно, наверное, потому, что вы виделись с ней в Париже накануне вечером, и между вами произошла какая-то сцена?

— Старая чертовка! Не желала уступать ни дюйма. У меня возникло впечатление, будто она наслаждается моим безвыходным положением. Это было настоящее чудовище. Я ушла от нее в полном отчаянии.

— И тем не менее на следствии вы заявили, что никогда прежде не видели эту женщину.

— А что я могла еще сказать?

Пуаро в раздумье посмотрел на нее.

— *Вы,* мадам, не могли сказать ничего другого.

— Это было ужасно. Мне приходилось лгать, лгать и лгать. Этот мерзкий инспектор снова и снова докучал мне своими вопросами. Но я ощущала себя в относительной безопасности, поскольку видела, что он ничего не знает. Я думала, что если что-то должно было всплыть, то уже всплыло бы. И вдруг это жуткое письмо...

— И вы не боялись все это время?

— Конечно, боялась!

— Но чего? Огласки или обвинения в убийстве?

Кровь отхлынула от ее щек.

— Убийство... Но я не делала этого... Неужели вы думаете... Я не убивала ее!

— Вы хотели, чтобы она умерла...

— Да, но я не убивала ее... Вы должны верить мне... Я не вставала со своего кресла... Я...

Она замолчала; ее красивые голубые глаза умоляюще смотрели на сыщика.

Эркюль Пуаро кивнул.

— Я верю вам, мадам, по двум причинам. Во-первых, из-за вашей половой принадлежности и, во-вторых, из-за осы.

Сайсли бросила на него удивленный взгляд:

— Из-за осы?

— Совершенно верно. Я понимаю, для вас это полная бессмыслица. Однако давайте займемся делом. Я разберусь с мистером Робинсоном и даю вам слово, что вы никогда не услышите о нем впредь. В благодарность за эту услугу вы ответите мне на два вопроса. Находился ли мистер Барраклаф в Париже в день, предшествовавший убийству?

— Да, мы вместе ужинали. Но он решил, что будет лучше, если я приду к этой женщине одна.

— Ах, вот как... И еще один вопрос, мадам. До замужества вы носили сценическое имя Сайсли Блэнд. Это ваше настоящее имя?

— Нет, мое настоящее имя Марта Джебб. Но Сайсли Блэнд...

— Звучит более профессионально. А где вы родились?

— В Донкастере. Но почему...

— Простое любопытство. Извините. А теперь, леди Хорбери, позвольте дать вам совет. Может быть, лучше просто договориться с мужем о разводе?

— Чтобы он женился на этой женщине?

— Чтобы он женился на этой женщине. У вас ведь благородное сердце, мадам. Кроме того, вы будете в безопасности — в полной безопасности, — и муж будет выплачивать вам деньги на ваше содержание.

— Не очень большие.

— *Eh bien*, получив свободу, вы сможете выйти замуж за миллионера.

— Сегодня миллионеров уже не осталось.

— Не верьте этому, мадам. У человека, имевшего раньше три миллиона, сейчас осталось около двух. Это хорошие деньги.

Сайсли рассмеялась:

— Вы умеете убеждать, месье Пуаро. И вы действительно уверены в том, что этот ужасный человек больше не потревожит меня?

— Можете положиться на слово Эркюля Пуаро, — торжественно произнес детектив.

Глава 20

На Харли-стрит

Инспектор Джепп быстрым шагом подошел к дому на Харли-стрит, позвонил в дверь и спросил доктора Брайанта.

— Вам назначено, сэр?

— Нет, я просто напишу ему несколько слов.

Полицейский достал визитку и написал на ней: «Буду вам очень признателен, если вы уделите мне несколько минут своего времени. Я не задержу вас надолго».

Запечатав визитку в конверт, он вручил его дворецкому. Тот проводил его в приемную. Там находились две женщины и мужчина. Джепп сел в кресло и достал из кармана старый номер «Панча».

Вышедший из кабинета дворецкий пересек приемную и негромко произнес:

— Если вы не возражаете, сэр, вам придется немного подождать. Доктор сегодня очень занят.

Джепп кивнул. Он нисколько не возражал против того, чтобы подождать, даже был рад этому. Между женщинами завязался разговор. По всей видимости, они были очень высокого мнения о профессиональных качествах доктора Брайанта. Тем временем в приемную вошли еще несколько пациентов. Очевидно, дела у доктора Брайанта шли неплохо. Вряд ли у него была нужда занимать деньги, подумал Джепп. Хотя, конечно, это могло произойти давно. Скандал поставил бы крест на его процветающей практике. Для доктора ничего не может быть хуже дурной славы.

Спустя четверть часа в приемной вновь появился дворецкий.

— Доктор готов побеседовать с вами.

Джепп вошел в кабинет — просторную комнату с большим окном. Доктор сидел за столом. Увидев инспектора, он поднялся со стула и пожал ему руку. Его покрытое тонкими морщинами лицо выражало усталость. Казалось, визит полицейского ничуть не смутил его.

— Чем могу помочь вам, инспектор? — спросил он, вновь сев за стол и указав Джеппу на стоявшее напротив кресло.

— Должен извиниться за то, что отрываю вас от работы, но я не займу много времени.

— Все в порядке. Полагаю, это связано с убийством на борту самолета?

— Так точно, сэр. Мы все еще расследуем это дело.

— И каковы результаты?

— Пока мы продвинулись не так далеко, как нам того хотелось бы. Я пришел, чтобы задать вам несколько вопросов по поводу способа убийства. Никак не могу разобраться с этим змеиным ядом.

— Знаете, я не токсиколог, — с улыбкой сказал доктор Брайант. — Подобные вещи не входят в мою компетенцию. Вам следует обратиться к Уинтерспуну.

— Видите ли, доктор, Уинтерспун — эксперт, а вы знаете этих экспертов. Понять их обычному человеку практически невозможно... Но меня интересует медицинская сторона этого вопроса. Это правда, что змеиным ядом иногда лечат эпилепсию?

— По эпилепсии я тоже не специалист, — ответил доктор Брайант. — Насколько мне известно, при лечении данного заболевания инъекции яда кобры действительно дают превосходные результаты. Но, как я уже сказал, это не моя компетенция.

— Я знаю. Но мне казалось, это происшествие должно вызывать у вас интерес, поскольку вы сами находились на борту самолета... Я подумал, что, возможно, у вас имеются какие-то идеи на этот счет, которые могли бы оказаться полезными для меня.

Доктор Брайант улыбнулся:

— Вы правы, инспектор. Вряд ли есть на свете такие люди, которых оставило бы равнодушным убийство, совершенное рядом с ними... Признаюсь, меня интересует это дело, и я много размышлял о нем на досуге.

— И что вы думаете обо всем этом?

Брайант медленно покачал головой:

— Все это представляется мне поразительным... почти нереальным, если так можно выразиться. Чрезвычайно странный способ убийства. Казалось бы, существует всего один шанс из ста, что оно останется незамеченным. Должно быть, преступник обладает отчаянной смелостью и презирает опасность.

— Очень точное замечание, сэр.

— Выбор яда тоже вызывает удивление. Каким образом убийце удалось раздобыть это вещество?

— Да, это кажется невероятным. Не думаю, что хотя бы один человек из тысячи слышал о бумсланге и тем более имел дело с его ядом. Я сомневаюсь, что даже вы, доктор, держали его когда-либо в руках.

— Да, мало кто имеет такую возможность. У меня есть друг, который занимается исследованием тропической фауны. В его лаборатории имеются образцы высушенного змеиного яда, например, кобры, но я не помню, чтобы среди них находились образцы яда зеленой древесной змеи.

— Вероятно, вы сможете помочь мне... — Джепп вытащил из кармана лист бумаги и протянул его доктору. — Уинтерспун написал здесь три имени. Сказал, что я могу получить у них нужную мне информацию. Вы знаете кого-нибудь из них?

— Немного знаком с профессором Кеннеди, хорошо знаю Хайдлера. Если вы упомянете мое имя, уверен, он сделает для вас все, что в его силах. Кармайкл живет в Эдинбурге, и лично я с ним не знаком... Да, пожалуй, эти люди могли бы помочь вам.

— Благодарю вас, сэр. Я вам чрезвычайно признателен. Не смею больше задерживать вас.

Вновь оказавшись на Харли-стрит, Джепп довольно улыбнулся. «Такт — великое дело, — подумал он. — Наверняка этот доктор так и не понял, что мне было нужно».

Глава 21

Три ключа к разгадке

Когда Джепп вернулся в Скотленд-Ярд, ему сказали, что его дожидается Эркюль Пуаро.

Инспектор сердечно приветствовал своего друга.

— Что привело вас сюда, *мусье* Пуаро? Какие-нибудь новости?

— Я приехал, чтобы узнать новости у вас, мой славный Джепп.

— На вас это не похоже... Что вам сказать — новостей не так много. Торговец в Париже опознал духовую трубку. Фурнье донимает меня из Парижа своим *moment psychologique*[1]. Я до посинения допрашивал этих стюардов, но они стоят на своем, что никакого *moment psychologique* не было. Во время полета все было нормально, ничего необычного они не заметили.

— Это могло произойти, когда они оба находились в переднем салоне.

— Я допрашивал и пассажиров. Не могут же все лгать.

— В одном деле, которое мне довелось расследовать, лгали все[2].

---

[1] Психологическим моментом (*фр.*).
[2] Речь идет о преступлении, описанном в романе А. Кристи «Убийство в «Восточном экспрессе».

— Опять вы со своими делами!.. Говоря откровенно, *мусье* Пуаро, радоваться нечему. Чем больше я занимаюсь этим расследованием, тем меньше что-либо понимаю. Шеф уже недобро на меня посматривает... А что я могу сделать? Слава богу, это дело расследуют и французы, правда, в Париже говорят, что раз убийство совершил англичанин, то это наша проблема.

— А вы считаете, что это сделали французы?

— Да нет, конечно. На мой взгляд, археолог не очень подходит на роль убийцы. Эти люди вечно копаются в земле и несут всякую околесицу по поводу того, что происходило тысячи лет назад... Интересно, откуда им это известно? Они утверждают: вот этой полусгнившей нитке бус пять тысяч триста двадцать два года, и кто докажет, что это не так? Похоже, они сами верят своим словам. Знал я одного такого — у него еще был сушеный скарабей. Хороший старик, но беспомощный, словно младенец... Нет, говоря между нами, у меня даже мысли не было, что эти французы-археологи причастны к убийству.

— Кто же, по-вашему, сделал это?

— Я думаю, Клэнси. Странный тип. Постоянно бурчит себе под нос и что-то обдумывает.

— Вероятно, сюжет нового романа.

— Может быть, а может быть, и нет. И как я ни стараюсь, не могу определить мотив. Я все же склонен думать, что запись CL 52 в черной книжке — это леди Хорбери, но из нее невозможно ничего вытянуть. Крепкий орешек, доложу я вам.

Пуаро едва заметно улыбнулся.

— Между стюардами и мадам Жизель вообще нельзя установить какую-либо связь, — продолжал Джепп.

— Доктор Брайант?

— О нем у меня имеется кое-какая информация. Есть у него одна пациентка, красивая женщина, у которой мерзкий муж — употребляет наркотики или что-то в этом роде. Если доктор не будет соблюдать осторожность, то может лишиться практики. К нему вполне подходит запись RT 362, и, не буду скрывать от вас, у меня есть предположение относительно того, где он мог достать змеиный яд. Я заходил к нему, беседовал с ним, и он фактически выдал себя. Однако пока это только предположение, а не факт. В этом деле чрезвычайно трудно устанавливать факты. Райдер, судя по всему, вне подозрений. Сказал, что ездил в Париж, чтобы занять денег, но ему это не удалось. Он сообщил имена и адреса — все подтвердилось. Я выяснил, что его фирма неделю или две назад оказалась на грани банкротства, но сейчас, похоже, они постепенно преодолевают трудности. Так что, как видите, сплошной туман.

— Неясность — да, но не туман. Туман может существовать только в неупорядоченной, неорганизованной голове.

— Можете называть это как вам угодно, суть от этого не меняется. Фурнье тоже зашел в тупик. Думаю, вы уже во всем разобрались, но вряд ли скажете.

— Пока еще ни в чем не разобрался. Я продвигаюсь вперед методично, шаг за шагом, но до конца пути еще далеко.

— Рад слышать это. Может быть, расскажете мне о ваших методичных шагах?

Пуаро улыбнулся:

— Я составил небольшую таблицу. — Он достал из кармана лист бумаги. — Моя идея такова: убийство — это действие, осуществленное ради достижения определенного результата.

— А теперь повторите, только медленно.

— Понять это нетрудно.

— Возможно, но уж слишком сложно вы изъясняетесь.

— Нет-нет, все очень просто. Скажем, вам нужны деньги — вы получите их, когда умрет ваша тетка. *Bien* — вы осуществляете действие, то есть убиваете тетку — и достигаете результата, то есть наследуете ее деньги.

— Хотел бы я иметь такую тетку... — вздохнул Джепп. — Продолжайте, я понял вашу идею. Вы имеете в виду, что должен быть мотив.

— Я предпочитаю свой способ выражения. Действие — это убийство; каков результат этого действия? Изучив различные результаты, мы получим разгадку нашей загадки. Результаты одного действия могут быть самыми разными, и это действие затрагивает множество разных людей. *Eh bien*, сегодня — через три недели после преступления — я изучаю результат в одиннадцати разных случаях.

Он развернул лист. Наклонившись, Джепп заглянул ему через плечо и прочитал:

<u>Мисс Грей</u>. *Результат — неплохой, повышение зарплаты.*

<u>Мистер Гейл</u>. *Результат — плохой, потеря пациентов.*

<u>Леди Хорбери</u>. *Результат — хороший, если она CL 52.*

<u>Мисс Керр</u>. *Результат — плохой, поскольку убийство мадам Жизель уменьшает вероятность того, что лорд Хорбери получит доказательства, необходимые для развода с женой.*

— Хм, — произнес Джепп, прервав чтение. — Вы думаете, она держится за титул? У вас просто призвание — разоблачать неверных супругов.

Пуаро лишь улыбнулся в ответ. Инспектор вновь склонился над листом бумаги.

<u>Мистер Клэнси</u>. *Результат — хороший; рассчитывает заработать, написав роман, сюжет которого основан на данном преступлении.*

<u>Доктор Брайант</u>. *Результат — хороший, если он RT 362.*

<u>Мистер Райдер</u>. *Результат — хороший, благодаря деньгам, полученным за интервью прессе, которые помогли его фирме пережить трудные времена.*

<u>Месье Дюпон</u>. *Результат — отсутствие такового.*

<u>Месье Жан Дюпон</u>. *Результат — то же самое.*

<u>Митчелл</u>. *Результат — то же самое.*

<u>Дэвис</u>. *Результат — то же самое.*

— И вы считаете, это вам поможет? — недоверчиво спросил Джепп. — Не понимаю, каким образом.

— Эта таблица служит мне наглядной классификацией, — пояснил Пуаро. — В четырех случаях — мистер Клэнси, мисс Грей, мистер Райдер и леди Хорбери — результат положителен. В случаях с мисс Керр и мистером Гейлом результат отрицателен. В четырех случаях результат отсутствует, и в одном — с доктором Брайантом — либо отсутствует, либо положителен.

— И что? — спросил Джепп.

— И то, — ответил Пуаро. — Нужно продолжать расследование.

— С тем же успехом, — пробурчал инспектор. — Мы не можем продолжать расследование до тех пор, пока не получим из Парижа то, что нам необходимо. Нужно до конца разобраться с мадам

Жизель. Уверен, я вытянул бы из этой горничной больше, чем это удалось Фурнье...

— Сомневаюсь, друг мой. Самый интересный момент в этом деле — личность погибшей. У нее не было ни друзей, ни родных, ни *личной жизни*. Когда-то она была молода, любила и страдала, но затем отгородилась от внешнего мира, и все осталось в прошлом, о котором больше не напоминало ничего — ни фотографии, ни сувениры, ни милые безделушки. Мари Морисо превратилась в мадам Жизель, ростовщицу.

— Вы думаете, ключ к разгадке кроется в ее прошлом?

— Возможно.

— У меня сложилось впечатление, что в этом деле вообще нет никаких ключей.

— Есть, друг мой, есть.

— Разумеется, духовая трубка...

— Нет, не духовая трубка.

— Ну хорошо, поделитесь вашими мыслями по поводу ключей к разгадке в этом деле.

Пуаро улыбнулся:

— Я дал им названия подобно тому, как мистер Клэнси дает названия своим романам: Ключ Осы, Ключ В Багаже Пассажира, Ключ Дополнительной Ложки.

— Вы просто помешанный, — добродушным тоном произнес Джепп. — При чем здесь ложка?

— В блюдце мадам Жизель лежали две ложки.

— Это предвещает свадьбу.

— В данном случае это предвещало похороны, — сказал Пуаро.

Глава 22

Джейн находит новую работу

I

Когда Норман, Джейн и Пуаро встретились за ужином после «шантажа», Гейл с облегчением узнал, что его услуги в качестве «мистера Робинсона» больше не требуются.

— Славный мистер Робинсон умер, — сказал Пуаро. — Выпьем в память о нем.

— Покойся с миром! — со смехом произнес Норман.

— Что произошло? — спросила Джейн.

Сыщик улыбнулся:

— Я выяснил то, что хотел знать.

— У нее были деловые отношения с мадам Жизель?

— Да.

— Это стало очевидно из моего разговора с ней, — сказал Норман.

— Совершенно верно, — подтвердил Пуаро. — Но мне была необходима полная и точная картина.

— И вы получили ее?

— Получил.

Норман и Джейн вопросительно смотрели на Пуаро, но тот, словно не замечая этого, принялся рассуждать о взаимосвязи профессии и жизни.

— Человек не так уж часто оказывается не на своем месте, как можно было бы подумать. В большинстве своем люди, что бы они вам ни говорили, выбирают себе занятие в соответствии со своими тайными желаниями. Вы можете услышать, как клерк говорит: «Мне хотелось бы заниматься исследованиями в дальних странах». А потом выяснится, что он любит читать книги на эту тему, но предпочитает риску и испытаниям безопасность и относительный комфорт офиса.

— По-вашему, мое желание путешествовать неискренне, — сказала Джейн, — а в действительности мне нравится возиться с женскими головами.

Пуаро посмотрел на нее с улыбкой.

— Вы еще молоды. Естественно, человек пробует одно, другое, третье, но в конечном счете ведет ту жизнь, которая является для него наиболее предпочтительной.

— А если я хочу быть богатой?

— Это несколько усложняет дело.

— Не согласен с вами, — вступил в разговор Гейл. — Я стал стоматологом волею случая, а не вследствие осознанного выбора. Мой дядя был стоматологом и хотел, чтобы я пошел по его стопам. А я жаждал приключений и рвался посмотреть мир. Выучившись на стоматолога, я отказался от этой профессии и уехал в Южную Африку, чтобы заняться фермерством. Однако у меня было мало опыта, и особых успехов на этом поприще я не добился. Мне пришлось принять предложение дяди работать вместе с ним.

— И теперь вы намереваетесь снова отказаться от этой профессии и уехать в Канаду... У вас комплекс доминионов?

— На сей раз я вынужден сделать это.

— Все-таки удивительно, как часто обстоятельства вынуждают человека делать то, что ему хотелось бы делать.

— Ничто не вынуждает меня отправиться в путешествие, — мечтательно произнесла Джейн. — Мне так хочется этого.

— *Eh bien,* делаю вам предложение, здесь и сейчас. На следующей неделе я лечу в Париж. Если хотите, можете занять должность моей секретарши — я дам вам хорошую зарплату.

Джейн покачала головой:

— Мне нельзя уходить от Антуана. Это хорошая работа.

— И у меня хорошая работа.

— Да, но она временна.

— Потом я найду вам такое же место.

— Благодарю вас, но я думаю, что мне не стоит рисковать.

На губах Пуаро играла загадочная улыбка.

II

Через три дня в квартире детектива раздался телефонный звонок.

— Месье Пуаро, — раздался в трубке голос Джейн, — место вашей секретарши еще свободно?

— Да. Я отправляюсь в Париж в понедельник.

— Вы серьезно? Я могу приехать?

— Конечно. Но что побудило вас передумать?

— Я поссорилась с Антуаном. Собственно говоря, у меня просто не выдержали нервы, когда я обслуживала одну клиентку. Она... Не могу сказать по телефону, кто она. Вместо того чтобы взять себя в руки и выпить успокоительную микстуру, я взорвалась и высказала ей все, что о ней думаю.

— Понятно. Мысли об обширных открытых пространствах.

— Что вы говорите?

— Я говорю, что ваше сознание было сконцентрировано на определенном предмете.

— Это не мое сознание, а мой язык подвел меня. У нее глаза точно такие же, как у ее мерзкого пекинеса, — готовы вывалиться из орбит. И вот теперь мне приходится искать работу... Но сначала я хотела бы съездить в Париж.

— Очень хорошо, договорились. Инструкции получите в пути.

Пуаро и его новая секретарша отказались от услуг воздушного транспорта, за что Джейн втайне была благодарна своему шефу. Переживания последнего перелета самым негативным образом отразились на ее нервной системе. Ей очень не хотелось вспоминать раскачивающуюся фигуру в черном шуршащем платье...

По дороге из Кале в Париж они ехали в купе одни, и Пуаро поделился с Джейн своими планами:

— Мне нужно увидеться в Париже кое с кем: с мэтром Тибо, с месье Фурнье из французской сыскной полиции — довольно меланхоличный, но весьма толковый человек, — а также с отцом и сыном Дюпонами. Так вот, мадемуазель Джейн, мне хотелось бы, чтобы вы взяли на себя сына, пока я буду беседовать с отцом. Вы очаровательны и чрезвычайно привлекательны — я уверен, месье Дюпон запомнил вас.

— Я встречалась с ним уже после судебного следствия, — сказала Джейн, слегка зардевшись.

— В самом деле? И как же это вышло?

Покраснев еще гуще, Джейн рассказала об их встрече в «Корнер-хаус».

— Превосходно. Это облегчает дело. Как здорово, что мне пришла в голову мысль взять вас с собой в Париж... Теперь, мадемуазель Джейн, внимательно слушайте. Старайтесь не заводить разговор о мадам Жизель, но если Жан Дюпон сам заговорит на эту тему, не избегайте ее. Было бы очень хорошо, если б вы, не говоря об этом прямо, создали у него впечатление, что леди Хорбери подозревается в убийстве. Можете сказать, что я приехал в Париж для того, чтобы посовещаться с Фурнье и выяснить, какие деловые отношения связывали леди Хорбери с покойной.

— Бедная леди Хорбери — вы используете ее словно ширму!

— Она не вызывает у меня никаких теплых чувств — *eh bien*, пусть от нее будет хоть какая-то польза.

Поколебавшись несколько секунд, Джейн спросила:

— Вы ведь не подозреваете молодого месье Дюпона?

— Нет-нет, мне просто нужна информация... — Сыщик бросил на нее испытующий взгляд. — Он вам нравится, этот молодой человек? *Il est sex appeal?*[1]

Джейн рассмеялась:

— Я бы так не сказала. Он простодушен, но довольно славный.

— Значит, вы считаете его очень простодушным?

---

[1] Он сексуален? (*фр.*)

— Да. Наверное, он такой потому, что ведет уединенную жизнь.

— Согласен. Он, к примеру, не имеет дело с зубами. Ему не приходилось испытывать разочарование, наблюдая за тем, как народный герой трясется от страха в стоматологическом кресле...

Джейн снова рассмеялась:

— Не думаю, что среди пациентов Нормана были народные герои.

— Теперь это не имеет значения, ведь он собирается в Канаду.

— В последнее время он говорит о Новой Зеландии, поскольку считает, что ее климат понравится мне больше.

— Во всяком случае, он патриот — отдает предпочтение исключительно британским доминионам...

— Я надеюсь, что необходимость в переезде — куда бы то ни было — скоро отпадет, — сказала Джейн и вопросительно взглянула на сыщика.

— Хотите сказать, вы верите в Пуаро? Обещаю вам, я сделаю все от меня зависящее. Но мне не дает покоя ощущение, мадемуазель, что существует персонаж, который еще не появлялся в свете рампы... — Покачав головой, он нахмурился: — В этом деле присутствует неизвестный фактор, мадемуазель. Все указывает на это...

III

Спустя два дня после приезда в Париж Эркюль Пуаро и его секретарша ужинали в ресторане в компании приглашенных детективом отца и сына Дюпонов.

Джейн находила, что старый месье Дюпон столь же обаятелен, как и его сын, но у нее практически не было возможности поговорить с ним. Расшевелить Жана оказалось таким же непростым делом, как и в Лондоне. Тем не менее ей очень импонировал этот симпатичный, доброжелательный, скромный молодой человек.

Смеясь и болтая с ним о всяких мелочах, Джейн одновременно с этим внимательно прислушивалась к разговору двух пожилых мужчин. Интересно, думала она, что за информация интересует Пуаро. Насколько она могла слышать, он не касался темы убийства. Детектив расспрашивал своего собеседника об археологических изысканиях в Персии, и его интерес представлялся вполне искренним. Месье Дюпон явно наслаждался общением с ним. Редко ему доводилось встречать такого внимательного и благодарного слушателя.

Трудно сказать, кто предложил, чтобы молодые люди пошли в кино, но когда они удалились, Пуаро придвинул стул ближе к столу и, казалось, приготовился с еще бо́льшим усердием приобщиться к миру археологии.

— Наверное, в наши трудные времена нелегко добывать средства на столь масштабные исследования. Вы принимаете частные пожертвования?

Месье Дюпон рассмеялся:

— Мой дорогой друг, мы вымаливаем их чуть ли не на коленях. Но наши раскопки не вызывают большого интереса у общественности. Она требует зрелищных результатов! Больше всего людям нравится золото — много золота! Просто поразительно, как мало интересуют среднестатистического человека гончарные изделия. Вся романтика человечества может быть выражена посредством их. Дизайн, текстура...

Месье Дюпона несло. Он умолял Пуаро не позволять вводить себя в заблуждение авторам всевозможных публикаций, в которых приводятся ложные данные и антинаучные выводы, и тот торжественно обещал ему не поддаваться обману.

— Вас устроило бы пожертвование в сумме, скажем, пятьсот фунтов? — спросил Пуаро, принеся клятву.

От волнения месье Дюпон едва не упал на стол.

— Вы... Вы предлагаете мне эту сумму? Это просто поразительно! Самое крупное пожертвование, какое мы когда-либо получали!

Маленький бельгиец кашлянул.

— Надеюсь, я могу рассчитывать на... небольшую любезность...

— О да, конечно, *сувенир* — какие-нибудь образцы гончарных изделий...

— Нет-нет, вы меня не поняли, — поспешил прервать его Пуаро. — Речь идет о моей секретарше — этой очаровательной девушке, которая ужинала вместе с нами. Не могла бы она сопровождать вас в вашей следующей экспедиции?

Несколько мгновений месье Дюпон не мог прийти в себя от изумления.

— Ну что же, — сказал он наконец, потянув себя за ус, — это можно было бы устроить. Я должен посоветоваться с сыном. С нами отправляются мой племянник с женой. Предполагалось, что это будет семейная экспедиция. Тем не менее я поговорю с Жаном...

— Мадемуазель Грей очень интересуется гончарными изделиями. Она очарована всем, что связано с прошлым. Участие в археологических раскопках — мечта ее жизни. Кроме того, она великолепно штопает носки и пришивает пуговицы.

— Весьма полезное качество.

— Не правда ли? Итак, вы рассказывали мне... о гончарных изделиях Суз...

Месье Дюпон с энтузиазмом возобновил свой монолог, посвященный выдвинутым им теориям о Сузах I и Сузах II.

Вернувшись в отель, Пуаро увидел в холле прощавшихся Джейн и Жана Дюпона. Когда они поднимались в лифте, детектив сказал:

— Я нашел для вас чрезвычайно интересную работу. Весной вы отправитесь с Дюпонами в экспедицию в Персию.

Джейн воззрилась на него в изумлении.

— Вы с ума сошли!

— Когда вам поступит это предложение, вы примете его со всеми возможными выражениями радости.

— Я ни под каким видом не поеду в Персию, поскольку отправляюсь с Норманом в Новую Зеландию.

— Дитя мое, — сказал Пуаро с улыбкой, — до марта еще несколько месяцев. Выразить радость — совсем не то же самое, что купить билет... Кстати, я тоже сказал месье Дюпону, что готов пожертвовать на экспедицию, но чек при этом не выписал! Между прочим, завтра утром я куплю для вас справочник по доисторическим гончарным изделиям Ближнего Востока. Я сказал, что вы очень интересуетесь этим.

Джейн вздохнула:

— Должность вашей секретарши не очень-то похожа на синекуру... Что-нибудь еще?

— Да. Я сказал, что вы прекрасно штопаете носки и пришиваете пуговицы.

— И это я должна продемонстрировать завтра?

— Возможно, — ответил Пуаро, — если только они не поверили мне на слово.

Глава 23

Анни Морисо

На следующий день, в половине одиннадцатого утра, в гостиную Пуаро вошел меланхоличный месье Фурнье, выглядевший гораздо более оживленным, чем обычно, и сердечно приветствовал маленького бельгийца, пожав ему руку.

— Месье, я хочу вам кое-что сказать. Мне кажется, я наконец понял смысл того, что вы говорили в Лондоне по поводу духовой трубки.

— Ага! — У Пуаро просветлело лицо.

— Да, — сказал Фурнье, располагаясь в кресле, — я много размышлял над вашими словами, снова и снова говоря себе: «Невозможно, чтобы преступление было совершено так, как мы это себе представляем». И наконец — наконец — я увидел связь между этой неотступной мыслью и вашими словами о духовой трубке.

Пуаро внимательно слушал его, не произнося ни слова.

— В тот день в Лондоне вы сказали: *«Почему духовая трубка была найдена? Ведь от нее легко можно было избавиться, просунув через вентиляционное отверстие».* И я думаю, что сейчас у меня есть ответ на этот вопрос. *Духовая трубка была найдена потому, что убийца хотел, чтобы она была найдена.*

— Браво! — воскликнул Пуаро.

— Стало быть, вы *это* имели в виду тогда? Очень хорошо. Но я пошел еще дальше. Я задался вопросом: «*Почему убийца хотел, чтобы духовая трубка была найдена?*» И нашел на него ответ: «*Потому что духовая трубка не использовалась для убийства*».

— Браво! Браво! Я пришел к тому же выводу.

— Я сказал себе: «*Отравленный дротик — да, но не духовая трубка*». Следовательно, дротик был выпущен посредством чего-то другого — чего-то такого, что убийца мог бы приложить к губам, не привлекая к себе внимания и не вызывая подозрения. И я вспомнил, как вы настаивали на том, чтобы был составлен полный список предметов, находившихся в багаже пассажиров и в их одежде. Мое внимание привлекли два мундштука леди Хорбери и несколько курдских трубок, лежавших на столике перед Дюпонами.

Фурнье замолчал и выжидающе посмотрел на Пуаро. Тот никак не отреагировал на это.

— И то, и другое можно было бы приложить к губам самым естественным образом — и никто не обратил бы на это внимание... Я прав?

Немного поколебавшись, Пуаро нарушил молчание:

— Вы на верном пути, но слишком торопитесь. И не забывайте про осу.

— Осу? — Фурнье с изумлением посмотрел на него. — Я вас не понимаю. При чем здесь оса?

— Не понимаете? Но я ведь...

Его слова прервал телефонный звонок. Он поднял трубку.

— Алло. Доброе утро... Да, это я, собственной персоной, Эркюль Пуаро. Да, да, в самом деле... Очень хорошо. Месье Фурнье?.. Совершенно верно. Да, приезжал. Он еще здесь.

Повернувшись к Фурнье, маленький бельгиец сказал:

— Это Тибо. Он заезжал к вам в управление сыскной полиции, и там ему сказали, что вы поехали ко мне. Поговорите с ним сами. Он чем-то взволнован.

Фурнье взял трубку.

— Алло... Да, говорит Фурнье... Что? В самом деле? Да, действительно... Да... Уверен, что поедет. Мы сейчас будем.

Положив трубку, он взглянул на Пуаро.

— Объявилась дочь мадам Жизель.

— Что?

— Приехала вступать в права наследницы.

— Откуда приехала?

— Насколько я понял, из Америки. Тибо попросил ее прийти в половине двенадцатого. Он просит нас тоже приехать к нему.

— Да-да, конечно. Немедленно едем... Только оставлю записку мадемуазель Грей.

Взяв лист бумаги, сыщик написал:

Обстоятельства вынуждают меня уехать. Если позвонит месье Жан Дюпон, будьте с ним приветливы. Говорите с ним о чем угодно — о носках, пуговицах, — только не о доисторических гончарных изделиях. Вы ему явно нравитесь, но учтите, он умен!

Au revoir[1],

Эркюль Пуаро

— А теперь в путь, друг мой, — сказал он, поднимаясь из-за стола. — Я ждал этого — появления таинственного персонажа, присутствие которого постоянно ощущал. Теперь — в скором времени — я все выясню.

II

Мэтр Тибо встретил их чрезвычайно радушно. После обмена формальными любезностями адвокат, не теряя времени, завел разговор о наследнице мадам Жизель.

— Вчера я получил письмо, а сегодня молодая леди явилась ко мне лично.

— Сколько лет мадемуазель Морисо?

— Мадемуазель Морисо — точнее, миссис Ричардс, поскольку она замужем, — двадцать четыре года.

---

[1] До свидания (*фр.*).

— Она предъявила какие-либо документы, удостоверяющие ее личность? — спросил Фурнье.

— Разумеется. — Тибо раскрыл лежавшую на столе папку. — Начнем вот с этого.

Он достал из папки свидетельство о браке, заключенном между Джорджем Леманом и Мари Морисо, жителями Квебека, и датированное 1910 годом. Имелось также свидетельство о рождении Анни Морисо-Леман и еще несколько различных документов.

— Это проливает некоторый свет на молодые годы мадам Жизель, — заметил Фурнье.

Тибо кивнул:

— Насколько я могу судить, Мари Морисо служила бонной или швеей, когда познакомилась с этим Леманом.

— Надо полагать, он оказался мерзавцем, поскольку бросил ее вскоре после свадьбы, и она сменила фамилию на девичью. Дочь попала в Институт Марии в Квебеке, где и воспитывалась. Мари Морисо вскоре уехала из Квебека — думаю, с мужчиной — во Францию. Она откладывала деньги, и со временем у нее скопилась круглая сумма, которую должна была получить дочь по достижении двадцати одного года. В то время Мари Морисо, вне всякого сомнения, вела беспорядочную жизнь и предпочитала воздерживаться от близких отношений с кем бы то ни было.

— Каким образом девушка узнала, что является наследницей?

— Мы поместили объявления в нескольких журналах, и одно из них попалось на глаза директору Института Марии. Она написала или телеграфировала миссис Ричардс, которая находилась в это время в Европе, но собиралась вернуться в Штаты.

— А кто такой этот Ричардс?

— Американец или канадец из Детройта, занимается производством хирургических инструментов.

— Он не сопровождает жену?

— Нет, он остался в Америке.

— Высказала ли она какие-либо предположения о возможных причинах убийства ее матери?

Адвокат покачал головой:

— Она ничего не знает о ней. Хотя директор Института Марии называла ей девичью фамилию матери, она не смогла ее вспомнить.

— Похоже, ее появление на сцене едва ли поспособствует раскрытию убийства, — заметил Фурнье. — Должен признать, что я возлагал на нее надежды, которые не оправдались. По моему мнению, круг подозреваемых сужается до трех человек.

— Четырех, — поправил его Пуаро.

— Думаете, четырех?

— Не я так думаю, а согласно вашей гипотезе, которую вы изложили мне, круг подозреваемых не может ограничиваться тремя лицами.

Неожиданно он сделал резкий жест рукой.

— Два мундштука, курдские трубки и флейта — не забывайте о флейте, друг мой.

Фурнье издал сдавленный звук, но в этот момент распахнулась дверь, и пожилой клерк, шамкая, объявил:

— Леди вернулась.

— Ну вот, — сказал Тибо, — теперь вы сможете увидеть наследницу собственными глазами... Входите, мадам. Разрешите представить вам месье Фурнье из сыскной полиции, который занимается расследованием убийства вашей матери. А это месье Эркюль Пуаро, чье имя, возможно, знакомо вам, который оказывает ему помощь. Мадам Ричардс.

Дочь Жизель представляла собой эффектную темноволосую женщину, одетую очень элегантно, но вместе с тем просто. Она протянула руку каждому из мужчин, пробормотав несколько приличествующих случаю слов.

— Говоря откровенно, месье, я едва ли могу ощущать себя дочерью, поскольку всю свою жизнь фактически была сиротой.

О матери Анжелике — директоре Института Марии, — отвечая на вопрос Фурнье, она отозвалась с большой теплотой.

— По отношению ко мне она всегда была сама доброта.

— Когда вы покинули Институт, мадам?

— В возрасте восемнадцати лет, месье. Я начала зарабатывать себе на жизнь и некоторое время работала маникюршей, затем в ателье. С мужем я познакомилась в Ницце в тот момент, когда он собирался возвращаться в Штаты. Через месяц он приехал по делам в Голландию, и мы поженились в Роттердаме. К сожалению, ему нужно было возвращаться в Канаду, а мне пришлось задержаться, но я собираюсь ехать к нему.

По-французски Анни Ричардс говорила легко и свободно. Она явно была в большей степени француженкой, нежели американкой.

— Как вы узнали о произошедшей трагедии?

— Разумеется, из газет. Но я не знала... точнее, *не осознавала*, что речь идет о моей матери. Затем, находясь здесь, в Париже, я получила телеграмму от матери Анжелики, в которой та указала адрес мэтра Тибо и девичью фамилию моей матери.

Фурнье задумчиво кивнул.

Они беседовали еще некоторое время, но было уже ясно, что миссис Ричардс вряд ли сможет помочь им в поиске убийцы. Она ничего не знала о личной жизни и деловых отношениях своей матери.

Выяснив название отеля, в котором она остановилась, Пуаро и Фурнье попрощались с ней и вышли из кабинета.

— Вы разочарованы, старина? — спросил Фурнье. — У вас были какие-то идеи в отношении этой девушки? Вы подозревали, что она самозванка? Или все еще подозреваете?

Пуаро покачал головой:

— Нет, я не думаю, что она самозванка. Документы, удостоверяющие ее личность, выглядят достаточно убедительно. Однако странное дело... У меня такое чувство, будто я видел ее прежде — или же она напоминает мне кого-то...

Фурнье посмотрел на него с любопытством.

— Мне кажется, вас все время интересовала пропавшая дочь.

— Естественно, — сказал Пуаро, подняв брови. — Из всех, кто мог извлечь выгоду из смерти Жизель, эта молодая женщина извлекает самую большую и самую осязаемую выгоду — в наличных деньгах.

— Все так, но что нам это дает?

Несколько минут Пуаро молчал, приводя в порядок свои мысли.

— Друг мой, — сказал он наконец, — эта девушка наследует большое состояние. Стоит ли удивляться тому, что я с самого начала размышлял о ее возможной причастности к преступлению? На борту самолета находились три женщины. Одна из них, мисс Венеция Керр, происходит из известной, родовитой семьи. А остальные две? С того самого момента, когда Элиза Грандье высказала предположение, что отцом дочери мадам Жизель является англичанин, я постоянно помнил о том, что одна из двух других женщин может оказаться этой самой дочерью. Обе более или менее подходят по возрасту. Леди Хорбери до замужества была хористкой, и происхождение ее неизвестно, поскольку она пользовалась сценическим именем. Мисс Грей, по ее собственным словам, выросла сиротой.

— Ах, так! Вот, оказывается, что было у вас на уме... Наш друг Джепп сказал бы, что у вас чересчур богатая фантазия.

— Да, он постоянно обвиняет меня в стремлении все усложнять. Но это не соответствует действительности! Я всегда стараюсь выбирать как можно более простой путь. И всегда смотрю фактам в лицо.

— Но вы разочарованы? Ожидали большего от этой Анни Морисо?

Они вошли в здание отеля, где остановился Пуаро, и вдруг Фурнье бросился в глаза лежавший на стойке администратора предмет, который напомнил ему о том, что говорил маленький бельгиец утром.

— Я забыл поблагодарить вас за то, что вы указали мне на совершенную мною ошибку, — сказал он. — Я обратил внимание на мундштуки леди Хорбери и курдские трубки Дюпонов и самым непростительным образом упустил из вида флейту доктора Брайанта. Хотя всерьез я его и не подозреваю...

— В самом деле?

— Он не производит впечатления человека, способного...

Фурнье запнулся. Человек, стоявший у стойки администратора и беседовавший со служащим, повернулся к ним. Его рука лежала на футляре из-под флейты. Увидев Пуаро, он, судя по выражению лица, узнал его.

Фурнье из деликатности остался на заднем плане, тем более что Брайанту было совсем ни к чему видеть его.

— Доктор Брайант, — произнес Пуаро, поклонившись.

— Месье Пуаро.

Они обменялись рукопожатием. Женщина, стоявшая рядом с Брайантом, направилась к лифту. Сыщик проводил ее взглядом.

— Месье доктор, ваши пациенты смогут обойтись без вас некоторое время? — спросил он.

Доктор Брайант улыбнулся той приятной, несколько меланхоличной улыбкой, столь памятной Пуаро. У него был усталый, но при этом умиротворенный вид.

— У меня теперь нет пациентов, — ответил он и двинулся в сторону маленького столика. — Бокал шерри, месье Пуаро, или какого-нибудь другого аперитива?

— Благодарю вас.

Они сели за столик, и доктор сделал заказ.

— У меня теперь нет пациентов, — повторил он. — Я оставил практику.

— Неожиданное решение...

— Не такое уж и неожиданное.

Сделав паузу, пока официант расставлял бокалы, он продолжил, говоря спокойно и как будто отстраненно:

— Это необходимое решение. Я отказался от практики по собственной воле, дабы меня не лишили права заниматься ею. В жизни каждого наступает поворотный момент, месье Пуаро. Человек оказывается на распутье, и он должен принять решение. Я очень люблю свою работу, и для меня отказ от нее — душевная боль. Но в жизни существует и кое-что помимо работы, месье Пуаро... Счастье человеческого бытия.

Маленький бельгиец молчал, решив дать ему высказаться.

— Есть женщина — моя пациентка, — которую я тоже очень люблю. У нее имеется муж, приносящий ей невыносимые несчастья. Он употребляет наркотики. Если б вы были врачом, то понимали бы, что это означает. У нее нет собственных денег, и поэтому она не может уйти от него... Некоторое время я колебался, но теперь принял решение. Мы с ней собираемся уехать в Кению и начать новую жизнь. Надеюсь, она наконец узнает, что такое счастье. На ее долю выпало столько страданий...

Немного помолчав, он заговорил более оживленным тоном:

— Я ничего не скрываю от вас, месье Пуаро, поскольку рано или поздно это все равно станет достоянием общественности, и чем быстрее вы узнаете об этом, тем лучше.

— Понимаю, — сказал Пуаро. — Я вижу, вы носите с собой флейту?

Доктор Брайант улыбнулся:

— Флейта — моя неизменная спутница... Что бы ни случилось, она всегда со мной.

Он с нежностью погладил футляр, затем поднялся из-за стола и поклонился. Пуаро последовал его примеру.

— Желаю вам всего наилучшего, месье доктор, — сказал он. — А также мадам.

Когда Фурнье присоединился к своему другу, Пуаро стоял у стойки администратора и заказывал телефонный разговор с Квебеком.

Глава 24

Сломанный ноготь

— И что теперь? — спросил Фурнье. — Вас все еще занимает наследница? Определенно это ваша идея фикс.

— Отнюдь, — возразил Пуаро. — Но во всем должен быть порядок и метод. Прежде чем переходить к следующему шагу, необходимо закончить с предыдущим.

Он бросил взгляд на Джейн.

— Пожалуй, вы с мадемуазель Джейн начинайте завтракать, а я чуть позже присоединюсь к вам.

Фурнье с видимой неохотой согласился, и они с девушкой направились в столовую.

— И как она выглядит? — с любопытством спросила Джейн, когда они сели за стол.

— Немного выше среднего роста, темные волосы, матовое лицо, заостренный подбородок...

— Вы как будто приводите описание в паспорте, — перебила его Джейн. — Описание в моем паспорте просто оскорбительно. Все у меня «среднее» и «обычное». Нос средний, губы обычные (как вообще можно описывать губы?), лоб обычный, подбородок обычный...

— Но необычные глаза, — заметил Фурнье.

— Серые, ничего особо примечательного.

— И кто же вам сказал, мадемуазель, что этот цвет глаз непримечателен? — спросил француз, подавшись вперед.

Джейн рассмеялась.

— Вы прекрасно владеете английским языком, месье, — сказала она. — Но все-таки расскажите мне подробнее об Анни Морисо. Она красива?

— *Assez bien*[1], — осторожно произнес Фурнье. — И не Анни Морисо, а Анни Ричардс. Она замужем.

— Ее муж тоже здесь?
— Нет.
— А почему?
— Потому что сейчас он в Канаде или Америке.

Фурнье принялся пересказывать ей то, что им рассказала Анни. Когда его повествование близилось к завершению, к ним присоединился Пуаро. Он выглядел несколько подавленным.

— Что случилось, *mon cher*?
— Я только что беседовал с матерью Анжеликой. Это очень романтично — разговаривать с человеком, находящимся по другую сторону Атлантики, на другом конце света.

— Фотография, переданная по телеграфу, это тоже романтично. И о чем же вы беседовали?

— Она подтвердила все, что миссис Ричардс рассказала нам о своей жизни. Ее мать уехала из Квебека с французом, занимавшимся виноторговлей, в то самое время, когда ребенок особенно нуждается в материнской заботе. С точки зрения матери Анжелики, мадам Жизель катилась по наклонной плоскости. Деньги она присылала регулярно, но желания навестить дочь никогда не изъявляла.

---

[1] Достаточно красива (*фр.*).

— Фактически это повторение того, что мы уже слышали сегодня утром.

— Да, только эта информация более подробна. Покинув шесть лет назад Институт Марии, Анни Морисо стала работать маникюршей, а затем получила место горничной у одной леди и уехала вместе с ней из Квебека в Европу. Письма от нее мать Анжелика получала нечасто — примерно два в год. Увидев в газете заметку о расследовании убийства Мари Морисо, она поняла, что речь, по всей вероятности, идет о матери Анни.

— Кто же был ее мужем? — спросил Фурнье. — Если, как нам теперь известно, Жизель была замужем, и к ее убийству может быть причастен муж.

— Я думал об этом. И в этом заключалась одна из причин моего звонка. Джордж Леман, муж Жизель, бросивший ее, был убит в самом начале войны.

Немного помолчав, он неожиданно спросил:

— Что я сейчас сказал — не последнюю фразу, а перед ней? У меня возникла идея, а я даже не осознал этого... Я сказал что-то важное.

Призвав на помощь память, Фурнье принялся повторять содержание всего, сказанного Пуаро за последние несколько минут, но тот лишь недовольно качал головой.

— Нет-нет, не то... Ладно, оставим это.

Повернувшись к Джейн, сыщик вступил с ней в беседу. Когда завтрак подошел к концу, он предложил выпить кофе в вестибюле. Джейн согласно кивнула и протянула руку к сумочке и перчаткам, лежавшим на столе. Взяв их, она поморщилась.

— Что такое, мадемуазель?

— Ничего, — со смехом ответила Джейн. — У меня сломался ноготь. Нужно подпилить его.

Пуаро вдруг снова опустился на стул.

— *Nom d'un nom d'un nom*[1], — вполголоса произнес он.

Фурнье и Джейн с удивлением посмотрели на него.

— Что это значит, месье Пуаро? — воскликнула Джейн.

— Это значит, что я понял, почему мне знакомо лицо Анни Морисо. Я видел ее прежде... в самолете в день убийства. Леди Хорбери послала ее за пилкой для ногтей. *Анни Морисо была горничной леди Хорбери.*

Глава 25

«Я боюсь»

I

Это внезапное откровение произвело на всех троих ошеломляющий эффект. Дело принимало новый, совершенно неожиданный оборот.

---
[1] Господи боже ж ты мой (*фр.*).

Анни Морисо — казалось бы, столь далекая от произошедшей трагедии — в действительности присутствовала на месте преступления. Им потребовалось несколько минут, чтобы усвоить эту мысль.

Пуаро сделал отчаянный жест рукой. Его лицо исказила мучительная гримаса.

— Подождите немного, — сказал он. — Я должен подумать, должен понять, как это согласуется с моими теориями. Мне нужно кое-что вспомнить... Тысяча проклятий моему несчастному желудку! Меня тогда заботили исключительно собственные внутренние ощущения...

— Стало быть, она находилась на борту самолета, — задумчиво произнес Фурнье. — Теперь я начинаю понимать.

Джейн закрыла глаза, словно силясь что-то вспомнить.

— Высокая темноволосая девушка, — сказала она наконец. — Леди Хорбери называла ее Мадлен.

— Точно, Мадлен, — подтвердил Пуаро. — Леди Хорбери послала ее в конец салона за сумкой — красным дорожным несессером.

— То есть эта девушка проходила мимо кресла, в котором сидела ее мать? — спросил Фурнье.

— Именно так.

— И мотив, и возможность налицо.

Фурнье глубоко вздохнул и вдруг с силой ударил кулаком по столу, что совершенно не вязалось с его традиционно меланхоличным видом.

— *Parbleu!* — воскликнул он. — Почему никто не упомянул об этом раньше? Почему она даже не была включена в число подозреваемых?

— Я же сказал вам, друг мой, — устало произнес Пуаро, — во всем виноват мой несчастный желудок.

— Это понятно. Но у других пассажиров, а также стюардов с желудком было все в порядке!

— Я думаю, — вступила в разговор Джейн, — никто не обратил на нее внимания потому, что она появилась в самом начале. Самолет только что вылетел из Ле-Бурже, и Жизель была жива и здорова еще примерно в течение часа.

— Очень любопытно, — задумчиво произнес Фурнье. — А не мог яд обладать замедленным действием? Такое случается...

Пуаро застонал и схватился за голову.

— Я должен был подумать об этом... Неужели все мои теории несостоятельны?

— *Mon vieux*[1], — сказал Фурнье, — такое случается. Такое случается и со мной. Возможно, такое уже случалось и с вами. Иногда приходится переступать через гордость и пересматривать свои идеи.

---

[1] Старина (*фр.*).

— Это верно, — согласился Пуаро. — Возможно, все это время я придавал слишком большое значение одной определенной вещи. Я рассчитывал найти конкретную улику. Я нашел ее — и на этом основании выстроил свои доказательства. Но если я с самого начала был не прав — если данный предмет оказался там, где он находился, *случайно*... тогда я готов признать, что был не прав, абсолютно не прав.

— Нельзя закрывать глаза на важность такого поворота событий, — сказал Фурнье. — Мотив и возможность — что еще нужно?

— Ничего. Наверное, вы правы. Замедленное действие яда — это в самом деле поразительно. Практически *невозможно*. Но там, где речь идет о ядах, случается и невозможное. Необходимо принимать в расчет индивидуальные особенности человеческого организма... — Пуаро замолчал.

— Мы должны обсудить план кампании, — сказал Фурнье. — Я думаю, сейчас было бы неразумно будить у Анни Морисо подозрения. Она не догадывается, что вы ее узнали. Рассказанная ею история не вызвала сомнений. Мы знаем, в каком отеле она остановилась, и можем поддерживать с нею связь через Тибо. Выполнение юридических формальностей всегда можно затянуть. Мы выяснили два момента — возможность и мотив. Нам еще нужно доказать, что в распоряжении Анни Морисо имелся яд. Кроме того, остается невыясненным вопрос с американцем, который приобрел духовую трубку и подкупил Жюля Перро. Он вполне может оказаться мужем — Ричардсом. Мы только с ее слов знаем, что он сейчас в Канаде.

— Вы говорите — муж... Да, муж. Подождите, подождите... — Пуаро сжал голову ладонями и пробормотал: — Все это неправильно. Я не использую маленькие серые клетки своего мозга упорядоченным образом, в соответствии с методом. Нет, я спешу делать выводы. Вероятно, я думаю так, как *от меня того ожидают*... Нет, опять неправильно. Если б моя первоначальная теория была верной, я бы не думал так, как *от меня того ожидают*...

Он замолчал.

— Продолжайте, — попросила его Джейн.

Сыщик убрал руки от головы, сел прямо и поправил лежавшие на столе вилки и солонку в соответствии со своими представлениями о симметрии.

— Давайте рассудим логически, — сказал он. — Анни Морисо либо виновна в преступлении, либо невиновна. Если невиновна, почему тогда сбежала? Почему скрыла, что служила у леди Хорбери горничной?

— В самом деле, почему? — спросил Фурнье.

— Итак, мы приходим к выводу, что Анни Морисо виновна, поскольку она сбежала. Однако не будем спешить. Предположим, моя первая версия была верной. Согласуется ли эта версия с виновностью Анни Морисо или ее ложью? Да, но при одном условии. И если это условие соблюдается, *Анни Морисо не должна была находиться на борту самолета.*

Фурнье и Джейн слушали маленького бельгийца с вежливым, но довольно поверхностным интересом.

Понятно, что имел в виду этот англичанин Джепп, думал Фурнье. Пуаро любит создавать трудности. Он всегда все усложняет. Не может принять простое решение, не создав видимость, будто оно соответствует его первоначальным идеям.

Совершенно непонятно, что он имеет в виду, думала Джейн. Почему эта девушка не могла находиться на борту самолета? Она была обязана выполнять распоряжения леди Хорбери... По-моему, он просто шарлатан.

Неожиданно Пуаро со свистом втянул в себя воздух.

— Конечно, — сказал он, — такая возможность существует... И это очень легко выяснить.

Он поднялся со стула.

— И что теперь вы собираетесь предпринять, друг мой? — спросил Фурнье.

— Еще раз позвонить по телефону, — ответил Пуаро.

— Опять в Квебек?

— На сей раз в Лондон.
— В Скотленд-Ярд?
— Нет, в дом лорда Хорбери на Гросвенор-сквер. Хоть бы мне повезло застать леди Хорбери дома...

— Будьте осторожны, друг мой. Если Анни Морисо узнает, что мы наводим о ней справки, это испортит нам все дело. Ни в коем случае нельзя допустить, чтобы она насторожилась.

— Не волнуйтесь. Я буду предельно осторожен. Задам лишь один в высшей степени безобидный вопрос... — Он улыбнулся. — Пойдемте со мной.

— Мне не хотелось бы...
— Я настаиваю.

Мужчины вышли, оставив Джейн в одиночестве. Пуаро потребовалось некоторое время, чтобы дозвониться, но ему повезло: леди Хорбери была дома.

— Передайте, пожалуйста, леди Хорбери, что с нею желает побеседовать месье Эркюль Пуаро из Парижа.

Последовала пауза.

— Это вы, леди Хорбери? Нет-нет, все в порядке. Уверяю вас, *все в порядке*. Я звоню вам совсем по другому поводу. Мне нужно, чтобы вы ответили на один вопрос. Да... Когда вы возвращаетесь из Парижа в Англию, ваша горничная обычно летит вместе с вами или едет на поезде? На поезде... И в этот раз тоже? Понятно... Вы уверены? Ах, так она ушла от вас? Ясно. Внезапно, без всякого предупреждения? *Mais oui*, черная неблагодарность... Да, точно. Согласен с вами. Нет-нет, не стоит беспокоиться. *Au revoir*. Благодарю вас.

Положив трубку, он повернулся к Фурнье. Его зеленые глаза блестели.

— Послушайте, друг мой, *горничная леди Хорбери обычно ездила на поезде и на пароме*. В день убийства Жизель леди Хорбери решила *в последний момент*, что Мадлен полетит вместе с нею.

Маленький бельгиец взял своего французского коллегу под руку.

— Поторопимся, друг мой. Нужно срочно ехать к ней в отель. Если моя теория верна — а я думаю, она верна, — нельзя терять ни минуты.

Фурнье с изумлением воззрился на него. Но прежде чем он успел сформулировать вопрос, Пуаро повернулся и быстрым шагом направился к вращающимся дверям на выходе из отеля. Француз поспешил вслед за ним.

— Но я не понимаю... Что все это значит?

Рассыльный открыл дверь такси, они запрыгнули в салон, и Пуаро назвал адрес отеля Анни Морисо.

— Поезжайте как можно быстрее.

— Какая муха вас укусила? — спросил Фурнье. — К чему вся эта спешка?

— К тому, друг мой, что, если, как я уже сказал, моя теория верна, *Анни Морисо угрожает неминуемая опасность*.

— Вы так считаете?

В голосе Фурнье, помимо его воли, отчетливо прозвучали скептические нотки.

— Я боюсь, — сказал Пуаро. — Боюсь... *Bon Dieu*[1], как медленно ползет этот автомобиль!

Между тем автомобиль ехал с хорошей скоростью — добрых сорок миль в час, — ловко маневрируя в транспортном потоке благодаря мастерству водителя.

— Он ползет так медленно, что мы вот-вот попадем в аварию, — сухо заметил Фурнье. — И мадемуазель Грей ждет нас. Сказали ей, что идем звонить, а сами, не предупредив, уехали... Это по меньшей мере невежливо!

— Какое значение имеет вежливость, когда речь идет о жизни и смерти?

— О жизни и смерти?

Фурнье пожал плечами. «Этот сумасшедший, — подумал он, — может погубить все дело. Как только женщина узнает, что мы подозреваем ее...»

— Послушайте, Пуаро, — произнес он вслух, стараясь говорить как можно более убедитель-

---

[1] Господи (*фр.*).

но, — будьте благоразумны. Мы должны действовать с чрезвычайной осторожностью.

— Вы не понимаете, — возразил Пуаро. — Я боюсь... Боюсь...

Автомобиль резко затормозил у расположенного в тихом месте отеля, где остановилась Анни Морисо.

Выскочив из салона, маленький бельгиец бросился к входной двери и едва не столкнулся с молодым человеком, вышедшим из здания отеля. Детектив остановился, обернулся и посмотрел ему вслед.

— Еще одно знакомое лицо... А-а, вспомнил, это актер Раймонд Барраклаф.

Когда он двинулся вперед, намереваясь войти в здание, Фурнье решительно положил руку ему на плечо.

— Месье Пуаро, ваши методы вызывают у меня большое уважение и восхищение, но я глубоко убежден в том, что нам нельзя предпринимать поспешные, непродуманные действия. Здесь, во Франции, ответственность за расследование этого преступления несу я, и...

— Я понимаю вашу озабоченность, — перебил его Пуаро, — но вам не следует опасаться «поспешных, непродуманных действий» с моей стороны. Мы наведем справки о мадам Ричардс у стойки администратора. Если она пребывает в добром здравии, значит, все в порядке, и тогда мы обсудим наши дальнейшие планы. Возражений нет?

— Разумеется нет.

— Очень хорошо.

Пуаро прошел через вращающиеся двери и направился к стойке администратора. Фурнье последовал за ним.

— Насколько мне известно, у вас проживает миссис Ричардс.

— Нет, месье. Проживала, но сегодня съехала.

— Съехала? — переспросил Фурнье.

— Да, месье.

— Когда?

— Чуть более получаса назад.

— Ее отъезд был внезапным? Куда она поехала?

Служащий не был расположен отвечать на эти вопросы, и только удостоверение, предъявленное Фурнье, заставило его сменить тон и развязало ему язык.

Адрес леди не оставила. Ему показалось, что ее отъезд явился результатом неожиданного изменения планов. Заселяясь, она сказала, что собирается прожить в отеле неделю.

Последовали другие вопросы. Были вызваны консьерж, носильщики и лифтеры.

По словам консьержа, к леди приходил джентльмен. Он пришел, когда она отсутствовала, но дождался ее возвращения, и они вместе пообедали. Что за джентльмен? Американец. Типичный американец. Она, похоже, была удивлена, увидев его. После обеда леди распорядилась, чтобы ее багаж спустили вниз и погрузили в такси. Куда она отправилась? На Северный вокзал — во всяком случае, это место назначения она назвала водителю. Уехал ли вместе с ней джентльмен? Нет, она села в такси одна.

— Северный вокзал, — задумчиво произнес Фурнье. — Значит, она направилась в Англию. Поезд отходит в два часа. Но это может быть отвлекающий маневр. Нам нужно позвонить в Булонь и попытаться перехватить это такси.

Казалось, опасения Пуаро передались Фурнье. Лицо француза выражало озабоченность. Быстро и эффективно он привел механизм закона в действие.

II

Было пять часов, когда Джейн, все еще сидевшая в вестибюле отеля, подняла голову, оторвавшись от книги, и увидела направлявшегося в ее сторону Пуаро. Она уже собралась было осыпать его упреками, но, увидев лицо детектива, передумала.

— Что-нибудь случилось? — спросила она.

Пуаро взял ее за обе руки.

— Жизнь очень жестока, мадемуазель, — сказал он.

В его голосе прозвучало нечто такое, что вызвало в душе Джейн безотчетный страх.

— Что же все-таки случилось? — снова спросила она.

— В поезде, прибывшем в Булонь, в купе первого класса было обнаружено тело женщины.

Кровь отхлынула от лица Джейн.

— Анни Морисо?

— Анни Морисо. В ее руке была зажата маленькая бутылочка с синильной кислотой.

— О боже! — испуганно воскликнула Джейн. — Самоубийство?

Помолчав несколько секунд, Пуаро ответил, медленно, словно тщательно подбирая слова:

— Полиция думает, что это самоубийство.

— А вы?

Сыщик развел руками:

— А что тут еще можно подумать?

— Но почему она покончила с собой? Из-за угрызений совести или страха разоблачения?

Пуаро покачал головой.

— Порой жизнь бывает очень жестока, — сказал он. — Нужно обладать большим мужеством.

— Для того, чтобы покончить с собой? Да, пожалуй, нужно.

— И для того, чтобы жить, тоже, — добавил маленький бельгиец.

Глава 26

ПОСЛЕОБЕДЕННАЯ РЕЧЬ

I

На следующий день Пуаро покинул Париж, оставив Джейн целый список поручений. Большинство из них казались ей на редкость бессмысленными, но она тем не менее выполнила их со всем возможным прилежанием. Девушка дважды встречалась с Жаном Дюпоном. Тот с энтузиазмом говорил об экспедиции, к которой Джейн должна была присоединиться, а она не осмеливалась разочаровать его без разрешения Пуаро и старалась переводить разговор на другую тему.

Спустя пять дней сыщик вызвал ее в Англию телеграммой.

Норман встретил ее на вокзале Виктория, и они обсудили последние события.

Самоубийство Анни Морисо не получило широкой огласки. Все ограничилось маленькой заметкой в прессе, в которой сообщалось, что некая миссис Ричардс из Канады покончила с собой в экспрессе Париж — Булонь. Упоминание о какой-либо связи этого инцидента с убийством на борту самолета отсутствовало.

У Нормана и Джейн имелись все основания для радости. Появилась надежда, что их проблемы в скором времени разрешатся. Однако Норман был настроен не столь оптимистично, как Джейн.

— Возможно, Анни Морисо подозревали в убийстве матери, но теперь, после того как она совершила самоубийство, полиция, скорее всего, не станет утруждать себя поиском доказательств и официальным заявлением по поводу ее причастности к преступлению. И мы вряд ли извлечем пользу из этой ситуации. Люди будут подозревать нас точно так же, как и прежде!

То же самое он сказал и Пуаро, когда несколькими днями позже они встретились на Пикадилли.

Детектив снисходительно улыбнулся.

— Вы ничуть не отличаетесь от всех остальных. Считаете, что я не способен ничего довести до конца! Послушайте, приходите ко мне сегодня ужинать. Будут инспектор Джепп и наш друг мистер Клэнси. Я хочу сообщить вам кое-что интересное.

Ужин прошел в чрезвычайно приятной обстановке. Джепп держался покровительственно и много шутил; Норман с интересом прислушивался к разговору; мистер Клэнси пребывал в восторге, сравнимом с тем, который он испытал при виде рокового дротика. Было очевидно, что Пуаро пытается произвести впечатление на писателя.

После кофе хозяин, сидевший с важным, хотя и несколько смущенным видом, торжественно откашлялся.

— Друзья мои, — заговорил он, — мистер Клэнси проявил интерес к тому, что он называет «мои методы, Ватсон»... *c'est ça, n'est-ce pas?*[1] Я хочу — если, конечно, для вас это не будет слишком утомительно...

Он сделал многозначительную паузу, дождавшись, пока Джепп и Норман начнут возражать и заявят, что им это тоже очень интересно.

— ...вкратце познакомить вас с методами, которые я использовал при расследовании этого дела.

Сыщик открыл блокнот и сверился с записями.

— Воображает о себе, — шепнул Джепп Гейлу и Клэнси. — Самомнение — его главное качество.

Пуаро громко хмыкнул и с упреком посмотрел на инспектора. Трое его сотрапезников с преувеличенным вниманием обратили к нему взоры. Их лица изображали вежливый интерес.

— Начну сначала, друзья мои. Вспомним самолет «Прометей», вылетевший в тот самый злополучный рейс из Парижа в Кройдон. Я изложу свои идеи и впечатления, которые возникли у меня в то время, и расскажу, как они подтверждались — или претерпевали изменения — в свете последующих событий. Когда, незадолго до посадки в Кройдо-

---

[1] Не так ли? (*фр.*)

не, к доктору Брайанту обратился стюард и тот отправился осматривать тело, я последовал за ним, поскольку подумал: кто знает, может быть, это по моей части... Наверное, у меня развит профессиональный инстинкт в отношении всего, что связано со смертью. Я подразделяю случаи смерти на две категории — те, что меня касаются, и те, что меня не касаются. И хотя последняя категория неизмеримо более многочисленна, каждый раз, сталкиваясь со смертью, я, подобно собаке, пытаюсь взять след. Доктор Брайант подтвердил опасения стюарда, но, естественно, без детального обследования он не мог установить причину смерти женщины. Именно тогда было высказано — месье Жаном Дюпоном — предположение, что смерть наступила в результате шока, вызванного укусом осы. В качестве подтверждения он продемонстрировал осу, убитую им незадолго до этого. Данная версия казалась вполне правдоподобной. На шее женщины виднелось пятнышко, очень напоминавшее след укуса — к тому же несколько человек видели осу, летавшую по салону. В этот момент я, к счастью, посмотрел вниз и заметил то, что можно было бы принять за тельце еще одной осы. В действительности это оказалось дротиком с оперением из черно-желтого шелка. И тогда на авансцену вышел мистер Клэнси, заявивший, что этим дротиком выстрелили из духовой трубки, как это практикуют представители некоторых туземных